金鴨帝國

張天翼 著

張天翼（一九〇六年——一九八五年）

湖南湘鄉人。現代小說家、兒童文學作家。一九三八年發表短篇小說《華威先生》。曾任《人民文學》主編等職。作品多以嘲諷筆調，文筆活潑新鮮，風格辛辣。著有短篇小說《包氏父子》及兒童文學作品《大林和小林》《羅文應的故事》《寶葫蘆的祕密》《禿禿大王》等。

總序一

兒童文學的歷史與記憶

林文寶

大陸海豚出版社所出版之中國兒童文學經典懷舊系列，要在臺灣出版繁體版，這是臺灣兒童文學界的大事。該套書是蔣風先生策劃主編，其實就是上個世紀二、三十年代的作家與作品，絕大部分的作家與作品皆已是陌生的路人。因此，說是經典有失嚴肅；至於懷舊，或許正是這套書當時出版的意義所在。如今在臺灣印行繁體版，其意義又何在？

考查各國兒童文學的源頭，一般來說有三：

一、口傳文學

二、古代典籍

三、啟蒙教材

而臺灣似乎不只這三個源頭，綜觀臺灣近代的歷史，先後歷經荷蘭人佔據三十八年（一六二四─一六六二），西班牙局部佔領十六年（一六二六─

一六四二），明鄭二十二年（一六六一—一六八三），清朝治理二〇〇餘年（一六八三—一八九五），以及日本佔據五十年（一八九五—一九四五）。其間，相當長時間是處於被殖民的地位。因此，除了漢人移民文化外，尚有殖民者文化的滲入；尤其以日治時期的殖民文化影響最為顯著，荷蘭次之，西班牙最少，是以臺灣的文化在一九四五年以前是以漢人與原住民文化為主，殖民文化為輔的文化形態。

一九四五年十月二十五日國民黨接收臺灣後，大陸人來臺，注入文化的熱血液。接著一九四九年十二月七日國民黨政府遷都臺北，更是湧進大量的大陸人口。而後兩岸進入完全隔離的型態，直至一九八七年十一月臺灣戒嚴令廢除，兩岸開始有了交流與互動。一九八九年八月十一至二十三日「大陸兒童文學研究會」成員七人，於合肥、上海與北京進行交流，這是所謂的「破冰之旅」，正式開啟兩岸兒童文學交流歷史的一頁。

其實，兩岸或說同文，但其間隔離至少有百年之久，且由於種種政治因素，目前兩岸又處於零互動的階段。而後「發現臺灣」已然成為主流與事實。

因此，所謂臺灣兒童文學的源頭或資源，除前述各國兒童文學的三個源頭，又有受日本、西方歐美與中國的影響。而所謂三個源頭主要是以漢人文化為主，其實也就是傳統的中國文化。

臺灣兒童文學的起點，無論是一九〇七年（明治四〇年），或是一九一二年（明治四十五年／大正元年），雖然時間在日治時期，但無疑臺灣的兒童文學是屬於華文世界兒童文學的一支，它與中國漢人文化是有血緣近親的關係。因此，了解中國上個世紀新時代繁華盛世的兒童文學，是一種必然尋根之旅。

本套書是以懷舊和研究為先，因此增補了原書出版的年代（含年、月）、出版地以及作者簡介等資料。期待能補足你對華文世界兒童文學的歷史與記憶。

林文寶，現任臺東大學榮譽教授，曾任臺東大學人文文學院院長、兒童文學研究所創所所長、亞洲兒童文學學會臺灣會長等。獲得第三屆五四兒童文學教育獎，中國文藝協會文藝獎章（兒童文學獎），信誼特殊貢獻獎等獎肯定。

原貌重現中國兒童文學作品

蔣風

今年年初的一天，我的年輕朋友梅杰給我打來電話，他代表海豚出版社邀請我為他策劃的一套中國兒童文學經典懷舊系列擔任主編，也許他認為我一輩子與中國兒童文學結緣，且大半輩子從事中國兒童文學教學與研究工作，對這一領域比較熟悉，了解較多，有利於全套書系經典作品的斟酌與取捨。

一開始我也感到有點突然，但畢竟自己從童年開始，就是讀《稻草人》《寄小讀者》《大林和小林》等初版本長大的。後又因教學和研究工作需要，幾乎一而再、再而三與這些兒童文學經典作品為伴，並反復閱讀。很快地，我的懷舊之情油然而生，便欣然允諾。

近幾個月來，我不斷地思考著哪些作品稱得上是中國兒童文學的經典？哪幾種是值得我們懷念的版本？一方面經常與出版社電話商討，一方面又翻找自己珍藏的舊書。同時還思考著出版這套書系的當代價值和意義。

中國兒童文學的歷史源遠流長，卻長期處於一種「不自覺」的蒙昧狀態。而清末宣統年間孫毓修主編的「童話叢刊」中的《無貓國》的出版，可算是「覺醒」的一個信號，至今已經走過整整一百年了。即便從中國出現「兒童文學」這個名詞後，葉聖陶的《稻草人》出版算起，也將近一個世紀了。在這段不長的時間裡，中國兒童文學不斷地成長，漸漸走向成熟。其中有些作品經久不衰，而一些作品卻在歷史的進程中消失了蹤影。然而，真正經典的作品，應該永遠活在眾多讀者的心底，並不時在讀者的腦海裡泛起她的倩影。

當我們站在新世紀初葉的門檻上，常常會在心底提出疑問：在這一百多年的時間裡，中國到底積澱了多少兒童文學經典名著？如今的我們又如何能夠重溫這些經典呢？

在市場經濟高度繁榮的今天，環顧當下圖書出版市場，能夠隨處找到這些經典名著各式各樣的新版本。遺憾的是，我們很難從中感受到當初那種閱讀經典作品時的新奇感、愉悅感、崇敬感。因為市面上的新版本，大都是美繪本、青少版、刪節版，甚至是粗糙的改寫本或編寫本。不少編輯和編者輕率地刪改了原作的字詞、標點，配上了與經典名著不甚協調的插圖。我想，真正的經典版本，從內容到形式都應該是精致的、典雅的，書中每個角落透露出來的氣息，都要與作品內在的美感、精神、品質相一致。於是，我繼續往前回想，記憶起那些經典名著的初版本，或者其他的老版本——我的心不禁微微一震，那裡才有我需要的閱讀感覺。

在很長的一段時間裡，我也渴望著這些中國兒童文學舊經典，能夠以它們原來的面貌重現於今天的讀者面前。至少，新的版本能夠讓讀者記憶起它們初始的樣子。此外，還有許多已經沉睡在某家圖書館或某個民間藏書家手裡的舊版本，我也希望它們能夠以原來的樣子再度展現自己。我想這恐怕也就是出版者推出這套書系的初衷。

也許有人會懷疑這種懷舊感情的意義。其實，懷舊是人類普遍存在的情感。它是一種自古迄今，不分中外都有的文化現象，反映了人類作為個體，在漫長的人生旅途上，需要回首自己走過的路，讓一行行的腳印在腦海深處復活。

懷舊，不是心靈無助的漂泊；懷舊也不是心理病態的表徵。懷舊，能夠使我們憧憬理想的價值；懷舊，可以讓我們明白追求的意義；懷舊，也促使我們理解生命的真諦。它既可讓人獲得心靈的慰藉，也能從中獲得精神力量。因此，我認為出版本書系，也是另一種形式的文化積澱。

懷舊不僅是一種文化積澱，它更為我們提供了一種經過時間發酵釀造而成的文化營養。它為認識、評價當前兒童文學創作、出版、研究提供了一份有價值的參照系統，體現了我們對它們批判性的繼承和發揚，同時還為繁榮我國兒童文學事業提供了一個座標、方向，從而順利找到超越以往的新路。這是本書系出版的根本旨意的基點。

這套書經過長時間的籌畫、準備，將要出版了。

我們出版這樣一個書系，不是炒冷飯，而是迎接一個新的挑戰。

我們的汗水不會白灑，這項勞動是有意義的。

我們是嚮往未來的，我們正在走向未來。

我們堅信自己是懷著崇高的信念，追求中國兒童文學更崇高的明天的。

二〇一一年三月二〇日

於中國兒童文學研究中心

蔣風，一九二五年生，浙江金華人。亞洲兒童文學學會共同會長、中國兒童文學學科創始人、中國國際兒童文學館館長。曾任浙江師範大學校長。著有《中國兒童文學講話》《兒童文學叢談》《兒童文學概論》《蔣風文壇回憶錄》等。二〇一一年，榮獲國際格林獎，是中國迄今為止唯一的獲得者。

目錄

第二卷

一

格隆冬帶了好多文件到海濱別墅去。內中還有一封很祕密的信，是格兒男爵寫給保不穿泡的。格隆冬一面交給保不穿泡，一面說：

「哪，這是前天由鼻煙大飯店送到公司裡來的，我替你代收了。你趕緊拆開來拜讀拜讀吧，這裡面一定有些很好玩的東西。」

信封口上封著火漆，蓋了一個男爵的印章。還批上了一行字：

「皇家密件，速送勿誤！」

一拆開，裡面仍舊是一個信封——貼著三片鴨毛：這是表示最機密的意思。

保不穿泡忍不住讚嘆起來：

「這位男爵大人多慎重啊！」

把這個鴨毛信封剪開，可又碰到了一個封套——上面有幾個大字：

「大金鴨帝國大皇帝附庸世襲爛湖格兒男爵親手封」

這裡面才真正是一封信，保不穿泡和格隆冬微笑著讀起來。

格兒男爵寫了一些恭維的話。還說保不穿泡伯爵大人既然遵照金鴨上帝的意旨來參加挽救帝國的大事業，那他格兒男爵就可以放放心心地回去了。一切拜託拜託。

這封信是格兒男爵的親筆。因為太機密了，不能叫別人寫，都是格兒男爵自己構思，自己擬稿，寫了又改，改了又寫，弄了一整天。青蟹太太老是問：

「爸爸，那封信還沒寫好麼？」

原來青蟹太太早就很不耐煩了。她天天勸她爸爸離開帝都。她知道他老人家的脾氣：要是沒有人催他走，他就會老待在這裡的。其實他這一向並沒有什麼事要做，每天只是跟朋友喝喝酒，聽聽戲，看看鴨鬥比賽。

「為什麼還不走呢？」青蟹太太說。

「唔，是要走。明後天就動身吧。」

可是第二天一早——他又帶著獵槍，帶著兩個跟班的，到動物園看剣蝦先生去了。第三天呢，他約一個青鳳國的王爺吃飯。

「唉，爸爸！」青蟹太太叫，「您住在這裡，我真不放心。明天我們就動身，好不好，爸爸？反正您要辦的事已經辦過了。」

格兒男爵好像忽然驚醒了似的，把臉一抬：

「哦，不錯！我想起來了：我還應當跟保不穿泡伯爵再談一次哩。」

又過了幾天，他可改了一個辦法：

「我沒工夫跟他談。我寫封信給他就是。這就沒有我的事了。」

「您昨天不是聽說那個保不穿泡不在帝都了麼？」青蟹太太說。

「哦！那更好。他既然不在帝都，那就更不必找他談。只要一封信。」

這麼著，格兒男爵就每天都要想一些問題。

這封信怎樣寫呢？叫誰寫呢？寫好了送到哪裡呢？信裡面還要不要問候問候大糞王？用什麼信紙才合適？是不是還要寫一句『小女附叩』？信封口上是用紅色火漆好，還是用金色火漆好？

像這類問題都是不容易解決的。他一面嘆氣，一面跟女兒討論著。青蟹太太替他出了一些主意，他又考慮了兩三天，這才寫好了那封信。

「好了，」格兒男爵透過一口氣來，「這個麻煩問題已經順利解決了。這就可以暢暢快快玩幾天了。」

然而青蟹太太告訴他——已經打好了火車票，行李也已經送到了車站裡。格兒男爵這就嘆一口氣：

「好罷，就動身罷。」

那天保不穿泡和格隆冬讀到那封信的時候，格兒男爵已經跟他女兒到了白泥鎮了。他在他的女兒家裡住了一個多星期，神學大師打了好幾個電報催他，他才回了吃吃市。

二

火車一到吃吃市的車站，車站上的茶房就告訴格兒男爵的跟班：

「亮毛爵士到月臺上來了。他老人家一定是來接男爵大人的。」

那位亮毛爵士就是格兒男爵的大女婿。他腿子短短的，走起路來很像鴨子。臉扁扁的，眼睛細細的，眼泡皮好像有點發腫。他穿得很整齊，頭髮也梳得很光。

他一走進車廂，就帶來一股香味兒。

「爸爸！」亮毛爵士衝著格兒男爵叫，「您怎麼到這時候才回來呀？侯爵大人等得很性急了。」

格兒男爵似乎愣了一愣。

「唔，我在帝都有事。我又在白泥鎮住了幾天。簡直沒有閒過。」

「可是——」那位姑爺放低了聲音，「那件事辦得順利吧？」

「那件事？——哪件事？」

「哪，就是那個大事業，侯爵大人託您的……」

男爵點點頭：

「唉，很好，成功了。」

「哈！上帝保佑您！」這時他忽然又把聲音放低，「我跟侯爵夫人談好了，將來由我來當文部大臣。我有一個大計畫，要把帝國的教育根本改造過。要提倡大餘糧武士精神。這個慢慢再談吧。現在——現在我們馬上到枯井山莊去。」

「什麼？馬上到枯井山莊去？」男爵瞧著跟班的把行李提下車，慢慢地站了起來。「我還想回去休息兩天哩。」

「唉，爸爸！侯爵大人急於要見您，一直就去吧。」

「我還想到你姑母墳上去看看，唉，我們順路到教堂墓地去一去吧。」

可是亮毛爵士很著急：

「如今一秒鐘也不能耽誤，爸爸！」

於是，他們就走出車站，坐上一輛很漂亮的馬車。亮毛爵士吩咐車夫：

「往紅葉旅館那邊走。今晚在那裡過夜。快走！」

「那就繞了路了，大人，」馬車夫說。「到枯井山莊是一直往北，可是紅葉旅館在東南角上，大人。」

「不會多耽誤的，走就是！」

「得多走兩倍路程哩，大人。打這兒直到枯井山莊，只有五十公里。要是繞紅葉旅館去就足足有一百五十公里。路又不好走……」

「閉嘴！我叫你怎樣你就怎樣！」

那個馬車夫嘟噥了一句什麼，就趕起車來。

可是格兒男爵也有點詫異：

「為什麼一定要到紅葉旅館？」

「嗨呀，您不知道麼！」亮毛爵士驚異地嚷。「您真是！您沒有吃過紅葉旅館的菜麼？」

「我記不得了……」

「唉，你老人家！別的事要是忘了，那倒不足怪。可是——可是——紅葉旅館的菜！那可不能忘記！那不能！」亮毛爵士興高采烈起來，「我已經關照過紅葉旅館的老闆娘，今天去吃晚飯，還定了一盤他們的拿手菜：蜜淋生魚片加芥末蚯蚓絲兒。非去吃不可。我替您接風，爸爸。這一家的蚯蚓特別好，又肥又嫩。」

「酒呢？」

「酒！那還用說？這一家的紅酒是呱呱叫的。」

停了會兒，他又不住嘴地說：

「現在紅葉旅館正是頂熱鬧的時候，住了許多外國旅客。他們在帝都參觀了博覽會，就順便到這裡來逛逛風景，看看紅葉，吃幾色好菜。青鳳國一位大臣的兒子也住在那裡，老闆娘趕著他叫『青鳳公子』。他跟我談過一次，他大概是青鳳國裡頂文明的人了。許多朋友都勸我在紅葉旅館玩玩，跟那些外國人談談。他們都說，『亮毛爵士，您的肉體和精神——都是最足以代表金鴨人的，您給外國人看看罷，讓他們也知道我們的偉大的民族性。』他們都說我有大餘糧的武士精神。我的善於玩鴨鬥，他們說也可以代表金鴨人。」

他得意地微笑起來。瞧了瞧他的丈人公，那位老人家可閉著眼在那裡打瞌睡了。這不免叫他有點掃興，就聳了聳肩膀：這個姿勢是從大鷹國人那裡學來的。接著就看著車窗外面出神，腦袋輕輕地擺動著。好像在那裡深思。

其實——這位亮毛爵士並沒有深思的習慣，他只是看見有些青鳳國詩人有這個姿勢，他就學來了。

停了一會，他看見格兒男爵還沒張開眼，他就無聊地哼起一支黃獅國的小曲子來。

原來他到許多國家旅行過，所以他見識就有這麼廣。他家裡陳設著許多外國玩意兒，都是外國朋友送給他的禮物，他常常對人說：

「那些外國朋友都很尊敬我。我的女兒在外國讀書，就有許多外國朋友照應她。」

不過他也吃過一次虧。那是在野蠻的大凫島，一位大凫島的王公請他吃飯。他看上了那位王公的一個翡翠壺，他要那位王公送給他。那位王公可寧願送他別的更值錢的東西。那位王公告訴他：

「這架壺雖然並不是什麼大寶貝，可是我祖上傳下來的，我不忍丟掉它。」

可是這位金鴨帝國的爵士偏偏愛上這個玩意。大鳧人是野蠻民族，現在居然還吝惜這麼一點東西，亮毛爵士就忍不住要生氣了。

可是也好在大鳧人是野蠻民族，亮毛爵士對他們隨便一點是不要緊的，這就不管三七二十一，抓著這個翡翠壺就往外走，一面用半三不四的大鳧話對那王公嚷著：

「你的壺，我買，你到我們帝國軍艦上來取錢，我給你！」

那位王公大概沒有聽懂他的話，起身追了上來。亮毛爵士想要逃跑。可是他沒有這麼辦。據他自己說，這有兩個理由。第一，他是堂堂大帝國的爵爺，要是為了怕野蠻人而逃走，那不但是洩氣，而且還失了一切文明人的身份。第二，那位王公的家奴太多了，他一定跑不掉的，還不如當個俘虜來得穩當些。

不過當時他的確很憤怒。

在這個當口——他把那個翡翠壺使勁往地上一摜，砸個粉碎，隨手就揍了那個王公一拳。

他這位金鴨帝國的爵士原是很勇敢的。他向來講求餘糧武士的精神。

然而他被那些野蠻人抓住了，他們一個個很凶狠的樣子，仿佛就會揍死他。於是——他膝頭不知不覺屈了下去。

那些野蠻人以為他是想要掙扎，或者是那些野蠻人覺得不敢當——也未可知，總而言之，他膝踝一屈下，他們馬上就把他拉起，再屈下又再給拉起，這麼著來了三次。

「老爺，饒我……」他吃力地學著大晃土話，「鬧玩的，我。」

王公站在那裡一動也不動，臉上一點表情也沒有。

「不必打他。他今天在我這裡，到底是我的客人。我們依法辦理。」

這就把亮毛爵士送到金鴨領事館。

雖然領事館沒有虧待了亮毛爵士——當天就把他釋放了，可是他總在野蠻人手裡受過了侮辱。他越想越氣。他這就跑到金鴨帝國泊在這裡的一艘軍艦上，激起了一些水兵。他使他們在晚上喝得大醉之後，就叫他們闖到那位王公家裡去，把他們家裡的東西打個稀爛。還把王公一個十八歲的女兒掠走，藏到一個金鴨人開的酒店裡，足足鬧了三天三夜。

那些金鴨帝國的水兵們都感謝這位亮毛爵士——出了這麼個好主意，讓他們能夠這樣作樂。

可惜那位金鴨領事怕野蠻人動公憤，就極力勸他們放了那個女俘虜。不過那位公主已經不能走路了，是用轎子把她抬回去的。

這件事過去之後，亮毛爵士的朋友們都談論著：

「為什麼亮毛爵士會這麼勇敢，會有這麼一種大餘糧的武士精神呢？」

「他府上的風氣向來如此。」一個說。

有一位很有學問的朋友——他可嫌這個解釋太空泛。於是他仔仔細細去研究了五個月零三天，就得了一個結論：

「他這種氣質——完全是他祖先遺傳給他的。他的祖先是當年『海上五魔王』之一。那五位英雄招兵買馬，弄些大船橫行海上，劫了青鳳國的許多商船，又上了青鳳國的岸，搶了許多東西，不幸被打退了，就又飄到大晃島去燒了十幾個村子，擄來了許多財寶人口。金鴨帝國大皇帝看他們勇敢，就都封了爵位。枯井侯爵的祖先也是五魔之一。五色子爵的祖先也是五魔之一。枯井侯爵和五色子爵也一定有這種精神。還有兩位魔王的後代，可惜衰落了，我沒有辦法去打聽，我敢斷定，他們一定也秉有這種氣質的。」

亮毛爵士自己也覺得這個學者說得對。亮毛爵士就有點驕傲起來，他相信他自己會有一番大作為。他對他太太說過（那時候她還沒有死）：

「我既然天生有這種精神，那麼帝國會交到我手裡——讓我來替他增光的。」

然而他總沒有使他太太看見他交過什麼好運，他太太也死得早，只丟下了一個美麗的女兒。

以前他跟著五色子爵跑，把鼻煙壺扔掉，抽著紙煙，加入了呼呼幫，他把田產賣掉一部分來活動，才當了一屆帝國議員。

下一屆他可就落了選。於是他生了氣。

「怎麼，我加入了呼呼幫，竟不給我一點好處了麼？」

他帶著他心愛的女兒出了洋。他在外國旅行了一氣，可就發現了一個大道理。他看見有幾個國家裡面——貴族幫也還是得勢，有官做，他回來對青蟹大尉（那時候青蟹還只是大尉）說：

「嗨，你知道麼？——這年頭兒平民雖然倡狂不過，可也不得不讓貴族幾分。貴族到底是貴族哇。比如紅牛國罷，他們的平民幫跟貴族幫大概訂好了一個什麼合同的：上回是平民幫組閣，這回是貴族幫組閣，下一回又是平民組閣，再下一回就輪到貴族。彼此輪流著坐天下，公平極了，從來沒有吵嘴打架的事。」

那位青蟹大尉點點頭：

「我在一個雜誌上看見幾篇文章談到過這個。他們那兩幫人的確是互相通好了的，就像兩個孩子打夥看西洋鏡一樣：你看一眼，我看一眼。」

「哦，你從雜誌上看到了，」亮毛爵士微笑一下，「我可沒有工夫去讀什麼雜誌。我是親自去考察來的。可是——你知道黃獅國麼？黃獅國上回是平民幫組的閣，可是議院裡信不過他們。把他們辭了職，又讓貴族幫來組閣。」

「這是常有的事，這麼倒來倒去……」

「那不然！」亮毛爵士叫起來。「你說他們老會這麼倒來倒去麼？——那不然！像紅牛國那樣，貴族跟平民訂了合同，那原是沒有辦法的。可是像黃獅國呢，那分明是貴族幫得了勢。如今有幾個國家，也都是貴族幫得了勢。平民幫是完了蛋了。嗯，我現在就發現了一個真理。」

「一個真理？」

「不錯，一個真理！這就是說——我們帝國的呼呼幫也會倒臺，從此就是嘖哈幫的天下。」

「我看不見得……」

可是亮毛爵士叫了起來：

「你說不見得！我們帝國什麼都學外國的，這一層還不趕緊學來麼？」

「不過——」

「呃，你要看看世界各國的趨勢！」亮毛爵士搶著嘴，「那些平民幫本來興出了一條規矩，說是國家不作興干涉任何人的生意經，各人儘管去搶各個的買賣。關稅是不講究的。外國糧食一批一批運到我們帝國來，也不作興發狠抽他們一點進口稅。這就弄得糧食越賣越便宜，米麥都不值價。我可就吃了大虧，你是知道的。我每年收的田租簡直不夠用，害我背得一身是債。這個該死的規矩！他們還講得出一大篇道理，叫做什麼——什麼——」

「自由貿易。」

「哦，叫做自由貿易！我可記不清他們的切口！」亮毛爵士聳了聳肩膀。「可是現在——哈，好了！關稅又講求起來了。平民幫興出來的規矩給推翻了。這就是世界各國的趨勢。平民幫興出的那些花頭，都會要推翻掉的。」

亮毛爵士很有自信力，不管青蟹大尉怎麼說，他總相信他自己的見解不錯。於是他又把摔掉了的鼻煙壺撿起來，吸著鼻煙，進了噴哈幫——正式賭了咒，拜了老頭子。

然而——他還是沒有做上什麼官，也沒當成議員。不過他在那時期也做了一樁大事業：就是把噴哈幫俱樂部的室外鴨鬥場改造了一下。

至於他別的方面的才能，可還沒有機會施展，他正想要另外打主意，那位鼎鼎大名的神學大師就遵照上帝的意旨找他來了。神學大師跟他密談了一次，他就跟這位上帝的代表到枯井山莊去。

現在還有什麼說的？那件大事已經成了功。他馬上就可以當大臣。明天趕到枯井侯爵那裡仔細商量一下，就什麼都可以定當了。

「我一當了文部大臣，我就叫金鴨帝國的學生都要練習鴨鬥戲。」他把車窗上的簾子拉一拉，擋住外面直射進來的夕陽。

這時候他發現格兒男爵睜開了眼睛，他正要談幾句，別人忽然又把眼睛閉上。

於是他吼了起來：

「車夫！快點趕！」

三

下午七點多鐘，他們才到了紅葉旅館。

亮毛爵士早就在這裡訂好了三間很精緻的房間。他對格兒男爵說：

「我們雖然只住一晚，可是也要住得舒服。先洗澡吧？」

格兒男爵打了個哈欠：

「還是先弄點點心吃吧。」

可是這位姑爺還是主張先洗澡，要不然，連點心也吃不舒服的。於是這兩岳婿把這個問題討論了一番，後來就發生了一場辯論。

據格兒男爵說，亮毛爵士一定要洗了澡才肯用點心，這是學的外國派頭。至於金鴨的老世家呢——那可不然，從來沒有聽說要把身子弄乾淨了才去吃喝的。甚至於早晨一醒來，還沒刷牙洗臉哩，就得喝一杯檸檬水或是椒鹽豆蔻茶，接著還吃奶餅，海狗腎湯等等。要吃了好些東西才可以去摸漱口杯。越是門閥高貴，就越是講求這個規矩。

「你岳家爛湖格兒男爵府——就世世代代是這樣的。」

這套教訓——可不能叫亮毛爵士心服。

要論到門第的話，亮毛府要比格兒府顯赫得多。只是在吃點心之前洗個澡，那並不算辱沒了家門。

「這只是習慣不同啊，爸爸。我是講衛生的。」

亮毛爵士說了，就表示辯論終結。只管自己到洗澡間去了。

丟下格兒男爵一個人躺在床上。格兒男爵盡在那裡用腦筋，在那裡沉思——想要解決這個大問題：先吃點心呢？還是先洗澡？

等亮毛爵士完全梳洗好了，穿上夜宴服再來看他，他已經睡著了。

「吃了東西沒有？」

「唔唔，」格兒男爵醒來了一下。「沒有吃。」

亮毛爵士是在屋子裡坐不住的。他說：

「好，您睡會兒吧。等到吃飯的時候我來叫您。您務必要起來吃飯。這裡的拿手菜非吃不可。我專誠替您接風，所以特為到這裡來住一晚。您等會兒一定會起來吃飯的吧，啊？啊？」

「唉，一定。」

「嗯，那就好了。要不然就太叫我失望。」

他走到門口又打回頭，重新把他丈人叫醒，再說了一遍，然後輕輕地走了出去，打個手勢叫那些跟班們自去吃飯，就到鴨鬥場去了。

這時候鴨鬥場熱鬧得很。有兩個鴨鬥好手正在那裡相鬥。許多旅客坐在四周圍看著，不時地鬧出了掌聲。有人一發現了亮毛爵士，就叫起來：

「歡迎鴨鬥大師！歡迎鴨鬥大師！」

亮毛爵士跟所有的熟人打了招呼，很安詳地坐下。許多人就性急地問：

「您看這兩位鬥得怎樣，爵士？」

這位爵士一邊看，一面就批評了幾句。只要他一開口，全場的人就都靜靜聽著，佩服得了不得。一些外國旅客也在注意他的話。那位「青鳳公子」也在這裡，臉上帶著幾分好奇的神色看著他。

「哦，青鳳公子！」亮毛爵士跑去跟那位青鳳公子握手。「您好麼？」

他是用青鳳話說的。他明明知道這位青鳳公子精通金鴨話，可是現在他當著許多人面前，故意要說幾句青鳳話。

那位青鳳公子可聽不懂，只是用很禮貌的微笑回答他。

他可又說起青鳳話來了。

「這個，」他指指鴨鬥場，「公子喜歡看？」

青鳳公子愣了一愣，就用一口流利的金鴨話要求他：

「請您說青鳳話或是金鴨話罷。」

後來他們就用金鴨話談上了。他們談到鴨鬥戲。這是亮毛爵士覺得頂有興趣的話題。他越說越高興，就好像演講似的一個人在哇啦哇啦。在場的金鴨人都帶著一種驕傲的臉色，時不時要瞅那些外國旅客一眼，看他們佩不佩服。金鴨太太們就出神地聽說，微笑著。至於紅葉旅館的老闆娘——可張大了嘴巴，睜大了眼睛，眼珠子專門隨著亮毛爵士的手勢在那裡轉動。

那位爵士講了一番大道理，說這鴨鬥戲是最足以代表大金鴨帝國的文明的。不用說，大金鴨帝國當然是全世界最文明的國家。因為——

「因為除開我們帝國之外，沒有一個國家有這種遊戲。只有我們帝國有。」

這裡他稍微停了停嘴，似乎要等人家拍手心。

那位青鳳公子說：

「大晃島人也有一種類似這樣的遊戲。」

「什麼？」亮毛爵士似乎吃了一驚。「大凫島人？大凫島人也有一種類似這樣的遊戲？」

「是的。我想您總也看見過，他們有一種所謂『水鳥舞』……」

「啊。上帝！」亮毛爵士叫道。「水鳥舞！——這完全是一種野蠻玩意呀！我的青鳳公子！您看，他們要學水鳥——學禽獸——這是世界上最野蠻的東西。學水鳥！哈哈哈哈哈！」

所有的金鴨人都跟著大笑起來。

青鳳公子也微笑了一下。等他們笑完了，他說：

「但是他們舞得很美觀，他們分成兩組，做出相鬥的樣子。一個個都很活潑，矯健，舉動也有節奏。他們也要練習很久才能夠參加水鳥舞……」

亮毛爵士聳了聳肩膀：

「是啊，他們要練習很久——練習成一個水鳥樣子！為什麼他們不去做點正經事，偏要花許多工夫來練習這個，來學禽獸？這就是野蠻！野蠻到了透頂！」

有幾個金鴨旅客也都附和著。一致承認大凫島人是野蠻民族。還有一位金鴨紳士帶著一副慈悲臉色說：

「這種野蠻人真是可憐。要使他們脫離野蠻生活，進到文明生活，那就是我們金鴨帝國的責任。」

有一位勸夫會的太太插嘴：

「我們已經做了許多好事了。我們帝國商業家已經運了許多文明貨品到那裡去了。我們又替他們開礦。我們又招他們的人來做工，來讀書。我們還替他們開辦學校。我們還派軍艦去維持秩序。您瞧！——這文明勁兒！」

然而亮毛爵士把右手一揚：

「那還差得遠哩，太太。要使大凫島人文明一下子，那可是一樁天大的難事。大凫島人比哪一種人都野蠻：無論黃種人也好，白種人也好，黑種人也好，紅種人也好，綠種人也好……」

「唷，還有綠種人！」旅館老闆娘嚷。

「當然有，總而言之，世界上人種很多。可總比不上大凫島人那麼野蠻。總而言之，他們花那麼多工夫去練習成一個——一個——一個鳥！哈哈哈哈哈！」

跟著也有好幾個人笑的。

這時候響起了一片掌聲。亮毛爵士更加得意了，又大聲把他的警句重複一遍：

「花那麼多工夫去練成一個鳥……學鳥……費許多時間……」

可是他立刻就發見——那片掌聲原來是為那場鴨鬥戲而發的。現在已賽完了最後一局，那兩個鴨鬥戲好手已經下場了。

亮毛爵士冷笑了一下：

「哼！看了這種鴨鬥戲也要鼓掌！」

那兩個鴨鬥好手倒很虛心，他們恭恭敬敬來請教這位亮毛爵士，並且用上了金鴨話裡那些最客氣的詞兒：

「請亮毛爵士開開他的尊口，把他的尊舌運用起來，對我們這種幼稚的鴨鬥加以不客氣的批評吧。」

亮毛爵士這才又恢復了他那種高興勁兒。還微笑著把在場的人都掃了一眼。大家都擁了過來，聽亮毛爵士要講一些什麼，誰知道這位爵士也說得很客氣：

「請你們把尊腰彎下去，我來驗驗你們的尊臀看。」

那兩位就都翹起了屁股。亮毛爵士用大拇指在那上面撳兩下，又結結實實打了兩拳。然後說：

「硬綳倒還硬綳，只是不大有彈性，『鴨尾』應該有彈性，您看我的。」

經大家欣賞了之後，一致都說這到底不凡。亮毛爵士等人家都看夠了，才站直起來，又向那兩個鴨鬥好手發問：

「你們怎樣練習的？」

「用沙袋法練習。把沙袋掛在那裡，用『鴨尾』去撞。」

「每天練習多少時候？」

「每天練習五小時，沒有一天間斷過，風雨無阻。」

亮毛爵士點點頭：

「這樣下去很有前途。不過——單是用沙袋練習是不夠的。還要兼用鋼板法練習：去撞鋼板。那樣『鴨尾』才會有彈性。您從幾歲練習起的？」

一個說他是從小就練起的。還有一個可就嘆了口氣：

「我呢，我在小學時期就練習，可是沒有專家指導。進了中學才正式學。根底當然不夠。」

「嗨。我們帝國的教育當局也太隨便了，」亮毛爵士發了感慨，「小學校裡的鴨鬥簡直是胡鬧，讓那些小孩子亂鬥一氣。中學裡的鴨鬥指導員也沒有幾個在行的。反正是馬馬虎虎，敷衍了事。這怎麼學得好呢？甚至於有些學生——對鴨鬥沒有興味。這是個最可痛心的現象。聽說中學校裡的鴨鬥是選修科。我聽了真生氣。我的女兒雖然從小在外國讀書，可是她對鴨鬥倒也有興味哩。」

「可是在國內讀書的，反而把鴨鬥看得隨隨便便。」

「所以呀。這就沒有辦法！」

他搖了搖頭，接著又說到這非從小認真練習不可。

「比如——腿子應當要短，玩起鴨鬥戲來，那姿勢才會好。這就非從小養成不可：一生下地就得請專家設法。」

「我們的鴨鬥還有什麼毛病，您看？」

旅館老闆娘插嘴：

「他們兩位是學各落篤博士那一派的。」

那兩位可忸怩地分辯著，說他們並不是學哪一派，只是看了各落篤的著作，照他的方法練習就是了。

亮毛爵士點點頭：

「唔，各落篤博士的確可以算一個名家，不過他的方法太舊了一點。比如腿子——他就不主張腿子短。我跟他辯論過好幾次。不過這個問題太專門了，不講了吧。至於你們兩位的鴨鬥——恕我說一句不客氣的話——那還歸不到哪一個派數裡去。」

這時候亮毛爵士的一個跟班走來了，稟告他：

「男爵大人醒來了，問您此刻是不是可以吃飯了。」

「還早哩，請他老人家再睡一會兒吧。」亮毛爵士擺了擺手，「呃，來！你稟告他老人家，千萬不要睡得太熟了，因為待一會兒我要親自去邀他老人家出來吃飯。我已經吩咐了兩份好菜。他老人家要是睡得太熟，一叫醒來吃飯，胃口就不會好。」

「喳！」

「還叫得不大好。應當用丹田音……」

「喳！」

「不是跟你說！」

那個跟班的沒精打采地退走了之後，亮毛爵士又繼續講了下去。說是鴨鬥的叫聲不能太單調，於是談到腹部音，腦部音。並且叫聲裡還要有表情。

女客們等不得他說完就嚷：

「爵士叫一個給我們聽聽！叫一個！」

「請叫吧！請叫吧！」

「開開您那尊口呀！」

那位爵士這就蹲了下去，搖搖擺擺走了兩步：

「呷！呷！呷！」

馬上就響起了一陣雷鳴似的掌聲。

亮毛爵士索性大叫起來。一會兒像餓鴨叫，一會兒像母鴨要生蛋了的叫，一會兒又像下了河的鴨子叫，一會兒可是吃飽了的鴨子叫。再就是鴨子在水裡找東西、吃東西的聲音——「別別別別別別！」

大鼓掌。

在場的外國旅客也都佩服他這一種本領。那位青鳳公子說：

「想不到這種遊戲竟有這麼多講究。」

「我剛才的不過只是一篇通俗演講哩，」亮毛爵士站起來，一面用手絹揩著鼻尖上的汗。「我還可以跟您談談青鳳國最文明的人。我很高興跟您做朋友。您願意陪我吃飯麼？」

「我已經吃過了。」

「那不要緊，您可以喝幾杯酒。」

青鳳公子本來還有幾個同伴，都是青鳳人。可是亮毛只把青鳳公子一個人拖到餐室裡去。一面吃喝，一面哇啦哇啦談天。

這時候格兒男爵早就睡不著了，躺在那裡等著，肚子直咕咕咕地叫。他老是問著自己：

「唉，萊還沒有準備好麼？我要不要出去看一看呢？」

四

亮毛爵士一面吃喝，一面老是勸青鳳公子吃那一份名菜：

「請吧，請吧。這裡的蚯蚓是最著名的。生魚片也呱呱叫。這都得生吃，一弄熟了就不夠味兒了。您怎麼不嘗點兒呀！我不是叫了兩份菜哩。」

那位青鳳公子可實在吃不慣這種菜。只是推說他才吃過飯，肚子飽得很。不過青鳳公子也勉強叫了一份別的普通菜，喝了幾口酒。

亮毛爵士把自己那一份名菜吃完，咂咂嘴說：

「啊，好極了，好極了！可是您不吃那一份，那才公平。金鴨人最講求公平：這是我們金鴨人天賦的一種美德。」

他喝乾了一杯白蘭地，又跟青鳳公子商量起來：

「您不吃這一份，就空下了這一份。那怎麼辦呢？那不是浪費了這一份菜了麼？我們金鴨人是決不肯浪費一點兒東西的。」

「您不是還有一位同伴麼？」青鳳公子替他想到了一個解決方法。「請那一位同伴來吃吧。」

「那一位是我的岳父。他老人家對飲食一道，簡直毫無興味，我決不敢去勉強他老人家。我們金鴨人向來敬老，尊重長輩，這也是我們的國民性。」

「我尊重你們貴國這種種美好的國民性……」

亮毛爵士不等別人說完，就趕快站起鞠一個躬：

「我代表全帝國人向您致謝。」

「無論哪一國的道德風習我都尊重它，」青鳳公子往下說，「可是現在這一份菜的問題，您怎麼解決法呢？又要公平，又要不浪費，又要尊敬長輩——這種種貴國的美德怎樣才可以兼顧呢？您是不是要勉強我把這一盤涼蚯蚓生魚片吃掉呢？」

亮毛爵士看看青鳳公子，又看看那一盤菜。他趕快聲明：

「我們金鴨有一樁好處，就是決不勉強我們的來賓。」

說了就把那一盤菜拖到他自己面前。剛要動手吃，可又想出了一篇演講詞：

「我不能勉強您，我也不敢勉強我的岳父。我沒有辦法。我只好代替別人盡義務——把這盤菜吃掉。這兩份兒菜既然是我叫的，這當然應當由我來負全責。親愛的公子您得知道，我是在這裡為您犧牲。唉，我來替你們服務吧。我們金鴨人向來最負責，最肯盡義務的。」

於是亮毛爵士痛痛快快盡起義務來。然後又向茶房要了一瓶紅酒，連喝了好幾杯。他打了一個嗝兒。看看空盤子，又看看青鳳公子，意思是說：「您如果再拿一次義務叫我盡，我也肯盡。」

他又喝了一杯酒，就跟青鳳公子談開了。

「我真不懂——為什麼您看了這麼一色好菜都不動手。要是我做了您，那我一定要叫一盤。這種菜要是不嘗一嘗，那您簡直就是冤枉到我們帝國旅行了一趟。」

「我吃不下……」

「吃不下？——那有什麼要緊？反正有人肯替您盡義務呀。」

那位青鳳公子當真叫了一盤，擺到了亮毛爵士面前。亮毛爵士睜大了眼睛，愣了一會兒，這才笑了起來：

「嗨，您太客氣了。茶房！茶房！喂！這一盤是這位公子叫的。等會兒開帳單的時候不要開錯了，聽見沒有？」

等那個茶房出去了，亮毛爵士就站起來對青鳳公子表示了一番謝意。他吃的時候也不忘記跟青鳳公子說話：

「你們貴國人的確很夠朋友。我們金鴨人向來很佩服你們貴國的古代文明。你們貴國雖然不是一個現代文明國家，然而你們貴國有古代文明。你們貴國的菜也是最好吃的。我生平最愛吃青鳳菜。青鳳菜不像大凫菜那麼野蠻。有些人把你們貴國跟大凫人同樣看待，我就極力反對。大凫島人吃的什麼菜？——哼，連蝦子都燙了吃！他們學水鳥吃東西！我真猜不出這個野蠻民族到底是怎麼一個來歷！您研究過這個問題麼？公子？這些像畜牲一樣野蠻的民族到底是哪裡來的？唵？」

青鳳公子看著亮毛爵士那麼舒服地吃著東西，就一面很滿意地微笑著，一面談到大梟島人的宗教。他告訴亮毛爵士——大梟島人有一些什麼很古老的傳說。大梟島人相信他們的上帝是一隻水鳥……

亮毛爵士打斷了對方的話。他本想發一篇議論的。可是他嘴裡正有一大叉芥末拌蚯蚓。所以只是搖了搖頭：

「野蠻！」

「那隻水鳥上帝——是跟鴨子一樣的東西。」

「什麼？」亮毛爵士那兩片活動著的嘴嚼筋，一下子停止了動作。

可是他忽然記起——他仿佛也聽見誰說起這回事。至於他自己呢，他在大梟島上待的日子太少，沒有去打聽他們的宗教。並且他對這些事根本就沒有什麼興味，也沒有去注意。誰高興去注意那些野蠻東西！

他嘴裡一面嚼東西，一面堅決否認青鳳公子的話：

「大梟島人的上帝也是鴨子！那還了得！」

「然而的確如此。並且他們也說是上帝賜給他們的餘糧。他們有些習慣很像貴國人。他們有『水鳥舞』。他們也喜歡吃生魚片。」

「沒有那個事！沒有那個事！」亮毛爵士很著急地搖著手。「照您那麼說。他們的上帝不是成了金鴨上帝了？」

「可不是麼？許多人類學家和歷史學家，都斷定大梟人跟金鴨人是同種的。」

「那是放屁！書本子上的話是靠不住的。我真不明白，您這麼一個有學問的人——怎麼也相信那些書本子上的胡說！」

然而青鳳公子說這是事實。亮毛爵士當然就極力反對。這兩個人抬了好一會杠。亮毛爵士看看青鳳公子佔了上風，他就又是笑，又是嚷——弄得對方插不進嘴來：

「哈，他們的上帝是水鳥！哈哈哈！野蠻人的迷信！……水鳥的子孫，哈哈哈！……禽獸的子孫！……」

接著又打了一陣哈哈，連氣都透不過來了。

青鳳公子等他笑完了這一口氣，就說：

「每一個民族裡總有一些傳說的。比如你們的《餘糧經》裡說……」

那位金鴨國的爵士可一個勁兒往下笑，弄得青鳳公子也好笑起來。亮毛爵士更加得意了：

「您看！您自己也覺得好笑，是不是？」

「我是看到您這個樣子——覺得好笑。」

「可是——請您不要講剛才那套話了吧，」亮毛爵士用一塊綢手絹擦擦眼睛，臉色也莊嚴起來，「把我們金鴨人跟大梟人算做同種，這太對不起我們了。您應當認錯。」

「抱歉得很。我不打算收回我剛才的話。事實是事實。」

亮毛爵士把青鳳公子的臉看了一會兒，亮毛爵士不免有點兒發毛了。什麼？一個青鳳人對金鴨人這麼強嘴！要依他亮毛爵士的脾氣，那就——哼！

然而他現在不便使性子。那位青鳳公子到底不是一個普通青鳳人。再呢，青鳳公子請他吃了那麼一盤最名貴的菜，他到底是青鳳公子的客人。他捺下了火氣，不過臉子還是板起了的：

「咱們換一個題目談談吧。不要弄得兩個人都不愉快。」

他倆這就閉了好一會兒嘴。都悶悶地喝著酒。亮毛爵士不大高興。他之所以要跟青鳳公子攀談，只是想要在這位青鳳貴人面前誇耀誇耀他們的大金鴨精神。現在人家那麼跟他抬杠他就不知道要換一個什麼話題才好了。

後來他對別人談過：

「青鳳人真奇怪：有時候他們很隨和，有時候他們又很固執。」

這是後話，不提。至於當時——他們的確是無話可說。亮毛爵士覺得有點無聊，想抽煙了。他就悄悄地掏出一盒煙，偷偷地抽出一支來。還沒有送到嘴上去，那位青鳳公子可發現了這樁事，也就掏出自己的煙盒放到桌上，拿出一支來遞給亮毛爵士。

「啊呀，真是謝謝！」亮毛爵士趕快站起來捧了那一支煙，隨手又很敏捷地把自己那支煙放回口袋裡去。「我的煙不好，所以不敢呈奉。您倒賞起煙來給我了，真是不敢當。」

他把這支煙點上了，又用大拇指摸摸它，又仔細觀察了那煙絲。吸一口又想一想，出一出神，就說這種牌子的煙到底不錯。他這才又高興起來，談著各種的紙煙，各種的雪茄煙，還把種種鼻煙來作一番比較研究。

同時他想著：青鳳公子為什麼要巴結我呢？不用說，當然是因為青鳳公子怕了他。這麼著他就談得更自由些了，越講越起勁了。

他說，從前大凫島每年向青鳳國皇帝朝貢，他不知道為什麼青鳳國皇帝居然要這種野蠻民族稱臣。他說，要是金鴨帝國的話，那大凫島還不夠資格稱臣哩。他喝完了一瓶酒又是一瓶。他眼睛發了紅。他嗓子越提越高。他又談到了青鳳國的政體。

「你們貴國倒不錯，還沒有鬧什麼立憲。你們貴國要是弄出什麼國會來，你的老人家就未必當得成大臣。可是你們貴國的政府太腐敗了，大家只想做官，在皇帝面前屁也不敢放一個。哈哈哈！」

「我們青鳳國也有許多人主張改革，主張立憲了。」

「不行，不行！你們千萬不要去學那些時髦！」亮毛爵士臉色忽然嚴厲起來，「我們帝國已經要打回頭了，我們帝國一打了回頭，像我這種人就可以有官做。你們千萬不要再去走那條錯路。可惜你們貴國毛病太多。你們太迷信你們的皇帝：這就是你們貴國最大的毛病。我們帝國呢，那就一點毛病都沒有。」

青鳳公子很客氣地微笑著：

「我承認我們有些毛病。可是你們該承認你們的毛病。」

「我們帝國有什麼毛病？」亮毛爵士睜大了眼睛。

「你們的迷信——比我們的還厲害些。」

「笑話！什麼地方有迷信？——您倒舉舉例看！」

那個青鳳人很平靜地談到了波大夫的不敬事件，又談到近來報紙上大登特登的香噴噴公司侮辱了「糞」字的事件。

亮毛爵士叫了起來：

「那是因為他們不敬鴨神和鴨糞女神呀！」

「然而我們青鳳人只把我們的皇帝看做人，並不迷信他是神。」

「然而我們的大皇帝和大皇后陛下——的確是神。所以我們金鴨族比哪一國都偉大，比哪一國都高貴。我們的大皇帝陛下是鴨神，不是人！」

「你相信麼？」

「咦！怎麼可以不相信呢？您這話問得未免太不客氣了，我的公子！」

可是那位公子顯然有點兒好奇，他要亮毛爵士說老實話——到底相信不相信。

「這屋子裡只有您跟我兩個人。您不妨毫無顧忌地告訴我——您是不是一點也不懷疑你們皇帝是神。」

亮毛爵士四面瞧了一瞧，又看一看青鳳公子的臉色。他答：

「我不懷疑。」

跟著他還賭了一個血淋淋的咒呢：

「我要是有一點點懷疑——我就永遠得不到一顆餘糧，永遠沒有蚯蚓吃！」

然而立刻——他覺得有點不對。他為什麼要在一個青鳳人面前賭呢？一隻老虎能在山羊面前賭咒麼？

他對自己生了氣。他覺得他自己受了侮辱，他惡狠狠地問：

「你為什麼要問我這些話，使我賭咒給你聽？你這是什麼意思，這是？」

青鳳公子還是微笑著：

「我覺得奇怪。你們貴國口口聲聲科學，可是你們還迷信……」

這些話亮毛爵士簡直聽不下去了。青鳳公子那種微笑，更加叫他生氣。可他又實在想不出什麼話來反駁人家。於是他決計要拿點顏色給那個青鳳人看看。反正那個青鳳人是怕了他的。

「迷信，什麼是迷信！放你媽的屁！」

「請您平靜一點……」

「你居然敢侮辱我！」

「我並沒有侮辱你……」

「你是什麼東西！」亮毛爵士知道青鳳人凡事都是退讓，都是滿不在乎。他更加起了勁，「豬！你們青鳳人都是豬！」

「什麼？」青鳳公子嘴唇有點發白，瞪著眼睛。

「豬！豬！」

青鳳公子站了起來，聲音有點發抖：

「忍耐總是有一個限度的……請您收回您的話……」

「我不收回！你把我怎麼樣？」

「您應當向我道歉……」

「哈哈！道歉！叫我向一隻豬道歉！」

「您倒再說一遍看！」

「豬！豬！你們全都是豬！哈哈哈！」

可是青鳳公子很鎮靜地走開座位去了。

什麼？逃走了麼？——那不行！這可太沒有武士精神。亮毛爵士正想要說「是個好漢就不跑！」

他還沒叫出口，就發見那位青鳳公子在房門口停了步子。接著又發現那位青鳳公子在那扇房門上做了一點手腳：那無非是——把房門訇的一聲關上，「呯達！」一鎖上。還拖一把椅子來頂著門。然後青鳳公子回轉了身，一步一步向亮毛爵士走近來。

「他想跟我打架！」亮毛爵士腦子裡有這麼個念頭一閃。

這位金鴨的爵士已經明白了那個青鳳的少爺的意思：把房門鎖上頂上——那就是預備兩人比武，拒絕參觀，並且不打算讓旅館裡旁的人來救應。這麼著一個對一個，硬碰硬，原也是武士的一種派頭。可是這時候——亮毛爵士倒不大十分歡喜這種辦法。

他想要叫……可是未必來得及：因為青鳳公子已經站到了他的面前。他退了一步，估量估量他的對手。他的對手倒似乎還很安靜。

「你要怎樣？」他有點透不過氣來。

「要你道歉。要不然——我們就動手。」

什麼，硬要一個金鴨人向青鳳人道歉？——那可有失大帝國的尊嚴。好在看樣子青鳳公子還不會馬上就動手，那就不妨把比武公約談判一下看。

「不過是這樣的，」亮毛爵士又退一步，公事公辦地說，「咱們要說好在先。你們青鳳人打起架來，總是不照規矩打。你們拳打腳踢都來，一會兒叉別人脖子，一會兒又在人家胸脯上猛地給一掌，一會兒小肚子又吃你一腳。這可不行，我的好人！這不作興。我們餘糧武士不打架則已，一打架——就得照書行事，有個一定的譜兒。呃，我問您，您要是高抬貴手打起我來，究竟還是打我腦袋呢，還是打我胳膊呢？胸脯您打不打？至於小肚子——您大概是不介意的吧？呃？不會踢它的吧？」

「不管怎樣打，只要打得您肯道歉。」

「真的？」

「真的。」

「您敢？」

「試一下就知道了。到底道歉不道歉？」

「哈呀，您也真太固執了，」亮毛爵士笑起來，不過笑得很不自然。「人生幾何，你何必那麼固執呢？」他停了一停。「那麼——那麼——這樣好不好：咱們來摔跤，如何？」

「別說廢話！道歉！」

亮毛爵士可還想談判一下看。一面退了一步，一面打著手勢叫對方不要忙：

「慢著慢著！當真要打的話，就得定個規矩，從胸脯以下不許打，並且不作興使腳踢。有一部書，叫做《拳術教程》，一共有六冊：那上面說得明明白白。打架要打得有武士氣，光明正大。一拳來，一拳去，打在哪裡都知道個來路去路。暗暗裡給人一手，那可壞了規矩。再不然您先買這部書來研究研究，等您研究好了再來打，我也並不反對。」

然而那個青鳳公子總是不肯依他的話。並且每逢亮毛爵士退一步，青鳳公子就逼進一步。於是亮毛爵士說：

「好吧。讓我考慮考慮——我到底應當不應當向您道歉。您為什麼要我道歉，請您講講這個理由。」

「我早就講過，剛才……」

亮毛爵士趁青鳳公子在那裡說話不留意的時候，猛地對青鳳公子臉上一拳。

打出去並不難。可是收回來不容易：他的拳頭被什麼東西鉗住了，死也掙不開。亮毛爵士就趕緊照著《拳術教程》所講——「第二步，即以所剩之一手握拳，從四十五度斜角，擊對方頭部」云云——送一拳過去。然而湊巧得很，又被對方叉住了。

眼看得青鳳公子就要使出書上所沒有的花頭來對付他了。他就也只好權且使出些書上所沒有的方法來對付青鳳公子：那就是把自己腿子彎成九十度角，膝頭著地，面部微笑：

「哈呀，您倒是學過拳術的！您真有幾手！不錯！」

「道歉！」

「哦唷，還要道歉！我是豬，如何？我們金鴨人都是豬，行了吧？」

「我不想叫你們金鴨人做豬。只要您收回……」

「當然哪。全部收回，全部收回！我剛才是說著玩兒的。這個玩笑開得太不禮貌，我當然應當向您道歉的。的確對不住您。請您原諒……」

青鳳公子這才放了手。亮毛爵士一面爬起來，一面請青鳳公子歸座。又勸青鳳公子再用點酒菜。

「您再點一色菜罷？歸我請。」

於是他們又喝起酒來。不過亮毛爵士心裡總有點不舒服。他怕大家一知道剛才那回事，他就會被人看不起。他試探著問：

「您愛不愛講故事？」

「什麼故事？」青鳳公子一時摸不著頭腦。

「哪，比如您自己的故事。」

「有時也講給人聽。」

「剛才那個比武的故事——您會不會對人講？」

「要是偶然記起來，也許會要講的。」

亮毛爵士嘆了一口氣：

「唉，還是不要記起它來吧。」

那位青鳳公子答允了他的要求，他這才又活潑了些。不過青鳳公子不願意賭咒，弄得他總有點不放心。

等到茶房開了兩份菜單來，亮毛爵士才放下這樁心事，專心去審查他自己的那一份賬——看青鳳公子請他吃的那一份菜，有沒有錯開到他的賬上。可是他聽見青鳳公子說了這麼一句——

「都算我的吧。」

「什麼！」亮毛爵士跳起來。「都算您的？連我那一份也算您的？」

「小意思。」

「啊呀，啊呀，啊呀！真是！唉唉，這真是！」——亮毛爵士真想不出什麼適當的話來說，只是站在那裡鞠躬。

為什麼這麼大方？簡直大方得有點傻氣了。亮毛爵士恨不得把青鳳公子擁抱起來。他握住青鳳公子的手，老半天都捨不得放。他一面談到青鳳人的慷慨。他說青鳳國什麼東西都是可愛的，他最愛吃青鳳菜。

青鳳公子很高興地說：

「我的同伴有會做菜的。明天您要是不走，就弄幾色青鳳菜請您吃。」

「唉，那——那——我明天只好再留一天了。您太客氣了，真是！」

五

青鳳公子並沒有把這次比武的故事講給人家聽。於是亮毛爵士放放心心跟青鳳公子做了朋友。並且第二天決計再在這裡留一天，要舒舒服服吃一次青鳳菜。他告訴格兒男爵：

「我要在這裡跟那位青鳳公子交際交際。您先走吧。」

「我一個人先走麼？也好。不過——不過——你不是說有一色什麼拿手菜，要請我吃麼？」

「唉，何必忙呢？下次來也可以吃的。您今天就到枯井山莊去吧。」

「唔，好吧。可是你也得去商量商量啊。」

亮毛爵士想了一想，就問：

「反正大事已經成功了，是不是？」

「那當然。」

「那就得了。我是派定了當文部大臣，還有什麼好商量的。只要您去把經過情形告訴枯井侯爵大人就是。」

好容易把格兒男爵催走了，亮毛爵士就對自己說：

「啊，好了！那些事務上的事讓他們去辦去。我不妨在這裡休息休息。我還得想想我自己的事——計畫計畫將來的帝國教育。」

這麼著，亮毛爵士就在紅葉旅館一連待了四五天，天天去打獵，玩鬥鴨戲，跟青鳳公子喝酒。

有一天，亮毛爵士的一個老聽差——從家裡趕來了。他帶來許多信件給爵士，還帶來了一個壞消息。

原來枯井山莊接到了帝都朋友的電報，枯井侯爵就大發了一通脾氣。現在神學大師已經離開了枯井山莊。格兒男爵也走了，說是要住到白泥鎮去。總而言之，枯井山莊的客人都走光了。

亮毛爵士聽了，連氣都喘不過來：

「怎麼呢？這是怎麼回事！」

「小的不知道。只聽說有一件什麼事情沒有幹好。侯爵大人就對男爵大人發脾氣，又怪神學大師多事。男爵大人叫小的來稟告您一聲兒，請您不用再到枯井山莊去了，免得碰釘子。」

那位爵士一屁股坐到了沙發上。腦筋昏得很，什麼都想不上來，只是哼著：

「失敗了……」

「老爺，」那個老聽差又叫，「還有那些討賬的——該怎麼對付，也請老爺的示下。」

「什麼？又有討賬的來囉？——哪幾家？」

於是老聽差掏出一疊紙來。有成衣公司的帳單，有馬販子的帳單，有鴨鬥用具店的帳單，有旅行社的帳單，還有棉城幾家大館子、花房和獵具店的帳單。還有各種各樣賬的單。

「老爺，除開旅行社的賬，一共是三萬八千七百五十六元五……」

「得了得了！我懶得聽你報細帳。」亮毛爵士不耐煩地揮揮手，「咱們不是跟他們說好了麼？——三個月之後付還他們。你對他們怎麼講的？」

「小的講過了。可是他們說，他們先前是看見老爺馬上有官做，所以才答應遲三個月清帳。如今——他們說，老爺不會做官了，他們就……」

「這批該死的東西！混帳王八蛋！」

「還有旅行社的那一筆賬……」

老爺立刻打斷了他的話：

「我叫你們把美氏紡織廠的股票折給它的呀。旅行社答應我的，可以拿有價證券去抵帳。」

「是！」那個老聽差無可奈何地應了一聲，「可是旅行社不要美氏紡織廠的股票。他們說，美氏紡織廠已經停了業，還怪我們不該把一錢不值的股票蒙混他們。他們說，就是上次布料減價，美氏紡織廠蝕耗太大，就倒了。這些股票成了廢字紙了。」

亮毛爵士氣得臉都發了青。兩隻手在沙發上亂捶一氣，嘴裡亂罵一氣，還用各國話裡那些罵人的詞兒罵著（他每次旅行一個國家，頭一個學到的就是那些罵人的話。一學會了就老不會忘記的）。然後他又在屋裡一上一下地踱起來，步子跨得很快。

那個忠心的老聽差嘆了一口氣：「唉，咱們的用度實在也太大了點兒。咱們還是親自到桃莊去一趟罷，老爺。」

這大概是唯一的辦法了。亮毛府上的產業——當的當，賣的賣，現在就只在桃莊還有點兒田產，每年也出些棉花和米麥。有一個本地人替他管理著這些田產，那是一位很精明的老先生——大家都叫他做桃大人。

「老爺，咱們叫桃大人想點法子吧。他從前在狗尾公爵府裡當過總管，總還活動，十萬八萬的總還扯得來。」

「可是有一部分田契已經押給便便銀行了。還能想多少法子？」

那個老聽差又嘆了一口氣。不過事情還沒有絕望：還有一部分田產可以押幾個現錢來。

老爺不開口，似乎已經默認了。老聽差想要安慰安慰老爺，就說：

「您不看看這些信麼？這兒有小姐寄來的一封信。小姐大概到了海濱，信是從海濱發的。一封很厚的信。」

「哦，這孩子！」

亮毛爵士一看見這封信，一看到他女兒的筆跡，他的臉色立刻就柔和下來，他看信的時候，一會兒微笑，一會兒皺眉，一會兒還說句把話：「她是跟五色子爵夫人去的……哦，肥肥跟香噴噴合併了！該死的東西！……她在海濱別墅……」

「小姐好麼？」

「哼，」爵士眼睛還盯在信上，微笑著，「她還快活得很哩。簡直是個小孩子，什麼都不懂！」。

老聽差也微笑著，在那裡出神：「上帝保佑我家小姐！她真是個喜神，什麼愁人兒瞧了她也都不愁了。」

這封信很長。看了一頁還有一頁。沉默了好一會兒，亮毛爵士說：

「你記得狗尾公爵有一個兒子麼？」

「是的，是的。小的聽說過。可是不知道他的下落。」

「這位小公爵可憐得很，在一個公司裡當小職員。」

那個老聽差聽了，又嘆了一口長氣。

亮毛爵士把那一疊信吻了一下，放到了口袋裡。再來拆別人的信。有一封是五色子爵寫的，意思是勸亮毛不要跟枯井侯爵在一起。這樣的信他已經寫過好幾封了。

前一向接到這樣的信，亮毛爵士總是要生氣，連回信也不寫。可是現在他只是苦笑了一下。然後發起愣來。

「老羊，」他對老聽差說，「我有辦法了。說不定我會轉好運。」

「上帝寵愛您！」

「好，你去休息休息吧，去弄點東西吃吃吧。讓我來寫幾封信。」

這天他寫了一封信給他的水仙小姐（這就是他女兒的名字），還寫了一封信給五色子爵，然後叫跟班的收拾行李，決計到桃莊去。他向館裡的一個個熟人告別。晚上青鳳公子替他餞行，他很捨不得跟這個外國朋友分手。

「我一到桃莊就會有信給您，」他握著青鳳公子的手，「你回國之後要常常寄信來。我將來總還要到貴國來看您。」

第二天一早，亮毛爵士就動身了。青鳳公子送了許多路上要吃的東西給他，還送他一首詩，寫在一幅絹上。亮毛爵士臨到上馬車的時候，忽然把青鳳公子一把抱起來，他真正滴了一滴眼淚。青鳳公子眼睛也發了紅。

「一路平安！再會，再會。」

「再會……」

六

馬車沿著山谷裡一條大路跑著。

早晨的太陽照著滿山的楓葉，紅得更鮮豔了些。亮毛爵士覺得有點冷，把絲圍巾封住了脖子。他心裡也有點淒涼。他覺得他自己是無家可歸了。他的那所老家宅已經抵押給別人，他的田產也一丘一丘地流到了別人手裡，只有桃莊還剩下那麼一點點——如今又不得不對它打主意。

真是！他一生下地就沒交過什麼好運。他到處失敗。昨天他想到他還有辦法，可是現在，他又覺得渺渺茫茫的了。

這全世界只有一個人可以安慰他，就是他的女兒。他只希望他女兒一輩子幸福快活，不要像她父親一樣，她父親已經完了。

於是亮毛爵士嘆了一聲，從口袋裡掏出了水仙的信。他看了一遍又看一遍，在信上吻了又吻。那種孩子的字句裡面似乎透出了一股熱氣，使他心裡感到溫暖。他讀得差不多可以背得出了，可又從頭看了起來：

爸爸：

我跟子爵夫人到海濱別墅來了，我帶了我的畫具，作過幾幅速寫。等我去製版留個底子，再寄給您看。我還想畫幾幅油畫。

這幾天什麼書都沒有看，每天只是玩。划船，撿蚌殼，彈琴，談天，爬山。跟人家玩膩了，我就一個人悄悄地跑到岩上去——高興畫就畫，高興想什麼就想什麼。

這座別墅是大糞王的。據說他的公司跟香噴噴公司合併了，叫做什麼肥香公司。他們似乎為了慶祝這件事，大宴賓客。這裡有各種各色的客人，有詩人，有藝術家，有新聞記者，有大官員，有大鳧島的一個什麼王子。但最多的是買賣人。

我這回才第一次看見了那位鼎鼎大名的大糞王。他是個胖子，身上的脂肪多得似乎包不住了，就迸出了一些來，弄得他臉色紅油油的。然而香噴噴倒是個瘦老頭兒。上帝好像故意要給他一個配得起的配偶，所以香太太也決不比他胖。因此他們的獨養女兒也就天賦的少脂肪。這位小姐叫做玫瑰小姐。

許多人說她好看。她正合上我們金鴨人的美律：小眼睛，扁臉，腿子又短（爸爸，您一定會說她天生的夠做一個鴨鬥家）。要畫她的肖像是不難的，可是線條有力的畫家一定畫不好。要是有人想在舞臺上扮演她，那也十分容易。這個演員只要不開口，沒有表情，對什麼事都沒有反應，這就活活把玫瑰小姐表現出來。

要是有人一跟香太太說到這位玫瑰小姐，香太太的話就沒有一個完。她說玫瑰小姐天生的就極其聰明。什麼都曉得，可是什麼都不說。因為她天生的極其穩重。只是身體不大好，這弄得做父母的非常擔心。然而這孩子很知道保重她自己。她肯吃補藥。吃飯也有個節制，吃得很少，寧可多吃點糖，多吃點水果，這當然是很衛生的。香太太一說到這裡，就問她的女僕：

「小姐吃了魚肝油之後，有沒有喝葡萄汁？」

「喝過了。藥片也吃過了。現在正在那裡喝牛肝精哩。」

「唔，等她喝過了牛肝精，就叫木木大夫替她把把脈。」

木木大夫是香家的家庭醫生，一天要替玫瑰小姐把十幾次脈，驗十幾次體溫。另外還有四個女僕專門跟著玫瑰小姐，她們帶著各種各樣的補藥，糖果，時不時拿出來給小姐吃。

普通宴會上的菜，玫瑰小姐是嘗都不嘗的。香家自己帶了一個廚娘來，另外替小姐做幾色菜。我不知道她吃的是些什麼。據剝蝦太太告訴我，玫瑰小姐愛吃麻雀舌子打的湯。還有一種菜更名貴了，說是涼拌蝸牛觸鬚。她吃的全是這些細緻東西。爸爸，這樣看來，您愛吃的什麼蚯蚓絲兒，真算不得是名貴了。

香噴噴夫婦真愛他們的女兒。香太太告訴子爵夫人，香先生這麼經營買賣，可以說完全是為了玫瑰小姐。香先生自己省吃省用，一個錢也捨不得花。可是小姐要什麼，他怎樣都不吝惜。

玫瑰小姐今年十三歲。只到我脅窩這麼高。

可是就在前天，別墅裡演出了一出很動人的戲。女主角是這位玫瑰小姐。男主角呢，爸爸您倒猜猜看，是誰？大概您一定想不到。原來就是那位鼎鼎大名的大糞王！

地點是在餐廳。時間是前天晚宴之際。沒有開始演出之前，注意的人似乎很少。我卻注意到了。因為大糞王正坐在玫瑰小姐旁邊。這兩個人對照起來，可以構成一幅很生動的畫面，我就忍不住要欣賞它。爸爸，要是我不怕失禮的話，我真想作一幅速寫。

玫瑰小姐不理會大糞王。大糞王也不理會玫瑰小姐。他話很少，似乎有什麼心事。他老是跟格隆冬（肥香公司的經理）互使眼色。後來他忽然對香太太說：

「香太太，您說香先生做買賣賺錢，就只是為了玫瑰小姐。當然哪。香先生已經替她掙下了這麼一筆大產業。可是你們得提防你們的侄兒什麼的。他們看你們府上有錢，說不定會要想法子來繼承，來分享這份產業。」

「那不怕，我們已經提防到這一著了。」香太太很得意地微笑著，還瞧了她丈夫一眼。「我們香先生跟他的兄弟都沒有什麼來往。我們香先生說，我們的財產只讓我們親生的來繼承，您不知道——我們香先生愛女兒愛得才癡哩。」

隨後那個格隆冬又對大糞王打眼色，還微笑了一下。大糞王又瞟瞟磁石太太，不過磁石太太並沒有看他。他似乎在那裡躊躇著一件什麼事，他垂下了眼睛。然而——只要他眼睛一抬，那個格隆冬又用眼神對他表示一絲笑意。

這麼過了一會兒，大糞王又對香太太說：

「你們真替你們小姐打算得周到。你們真愛你們的小姐。這也難怪，玫瑰小姐本來是實在可愛，真可愛。連我也愛她。」

於是他忽然側身對著玫瑰小姐，熱情地說了許多愛慕的話。他說得真流利，好像背一課爛熟的書。那些語句，就跟《烹調週刊》的「餘興」欄裡所登的情詩一樣。他那種派頭，就跟鄉下變把戲的那些自編自唱的花鼓戲一樣。爸爸，我記不清那些詩句，所以不能在這信上複述給你聽。

玫瑰小姐呢，先是沒有理會，還盡在那裡一小口一小口地吃她的涼拌蝸牛觸鬚或什麼。等到大糞王說了老半天，她似乎才覺得。她就向大糞王看了一眼，就只是看一眼。她既沒有表示高興，也沒有表示不高興。

倒是香太太提醒她一下：

「玫瑰，大糞伯伯喜歡你哩……」

「啊，啊！」大糞王馬上嚷了起來，「不要叫我做伯伯！不要叫我做伯伯！我要玫瑰小姐做我終身伴侶……」

爸爸，您可以想像得到，這時候餐廳裡當然就起了種種反應。可惜我一雙眼睛不能把全場的人都注意到，而且我也描寫不出。我只能告訴您，香噴噴先生是愣住了。香太太似乎也想不出怎樣回答。至於玫瑰小姐——她是全餐廳頂安靜的一個，她再也不看大糞王第二眼。

後來香先生彷彿有點抱歉的樣子：

「她還談不到這個。她年紀太小。」

「我等她長大，我等她長大！」大糞王叫，「我愛她！」

剁蝦太太就說，玫瑰小姐要是做了大糞王的終身伴侶，那就更幸福了。剁蝦太太還保證——玫瑰小姐將來一定是一位好太太，一定有資格當勸夫會的名譽會長。

於是我們帝國的財部大臣馬頭阿大閣下站起來，舉起了酒杯：

「親愛的大糞王先生跟親愛的香噴噴先生結了親了，我們來祝賀他們，來喝一杯親愛的酒吧。」

巴里巴吉閣下立刻表示同意——「來喝一杯親愛的酒吧。」

爸爸您看，這幕戲就這麼演成了。玫瑰小姐還是不理大糞王，她對什麼人都不理，大糞王也不理玫瑰小姐，他只跟他未來的岳父母嘰哩咕嚕談天。

× × ×

上面是昨天寫的。現在我還寫下去，讓您多知道一點我這次旅行的情形。

這裡真太熱鬧了。爸爸，您總說我愛熱鬧，說我是孩子脾氣。其實我不喜歡太熱鬧。許多客人們盡興地玩，玩鴨鬥，打彈子，坐船，打牌，跳舞，談天，唱歌。我在他們中間待一會兒就覺得膩。他們要求我唱歌，我總是推說這幾天感冒。我為什麼要唱給他們聽呢？

他們那些做買賣的，有幾位很想學學風雅。大概他們常常跟一些學者交際，所以他們也喜歡談談哲學，談談藝術。聽他們談這些，那味道就像咕嘟酒一樣，又酸又澀。

有一位保不穿泡先生，他自命很懂得美學，可是談了幾句就立刻露了馬腳。於是那位格隆冬先生就對他微笑著，或者還開他幾句玩笑。這位格隆冬比較的不那麼俗，有一次他看了我的速寫，跟我談到東方畫風和西方畫風，居然還講得中肯。有時候我一個人爬到岩石上去樂我一個人的，這位格隆冬先生也一個人散步上來了。一看見我就鞠躬，隨便談幾句，他說這裡清靜得好。然後——他似乎怕他會擾亂我，就鞠個躬走開了。要是我在那裡作畫，這位先生就得停留很久，靜靜地站在我後面看著，一直看到我畫成。

今天傍晚的時候，我一個人坐在陽臺的欄杆上，哼著〈海濱曲〉。誰知道子爵夫人跟格隆冬先生正在下面走過。他們站住了。

「這孩子！」子爵夫人嘟噥著，「大家請求她唱，她不唱。」

於是我聽見那個格隆冬先生發了些議論。

「夫人，要是我做了她，我也不願意答應人家的要求。他們並不是真正需要什麼藝術。再呢，又在那麼一個客廳裡，加上一個一竅不通的彈琴匠，亂七八糟地敲敲鍵子，就算是伴奏。那真是糟蹋了舒伯特的這支曲子。那樣的唱法，只能讓磁石太太去唱。子爵夫人，我不知道您怎樣。我呢？現在這支歌很快使我感動。而磁石太太平常那些演唱，我聽了覺得一點意思也沒有。」

說著就慢慢走開了。可是，爸爸，這未免說得有點不公平。不是麼？磁石太太到底沒有他講的那麼不行。她到底很能運用她的嗓子。她的顫音尤其很出色。不過她老是愛唱那些時髦歌舞劇裡的濫調，來取悅那些來賓。然而這不能怪她唱得不好，只怪那些作曲的和編劇的太淺薄呀。

至於那位大糞王呢？他大概是看過一冊什麼《哲學教程》或是一冊什麼《哲學ABC》之類的書的。他喜歡談一點這方面的玩意。有一次我聽見他對一位來賓說到什麼「超人」。我只聽清楚了一句——

「我們的《餘糧經》其實就是談的超人哲學。」

可是他未來的岳父香噴噴先生——卻不談這一套。那位香噴噴先生比較的沉默。要談呢，他只有兩個題目：一個是關於買賣上的事，一個是關於玫瑰小姐的事。據剎蝦太太說，香先生和香太太都是虔誠的教徒，每天早晚都要向金鴨上帝作禱告的。

香噴噴有一個親戚，叫做什麼吹不破先生，他也不談什麼哲學和藝術。他只是喜歡照拂太太小姐們。這傢伙討厭死了。他老是要求我唱個歌，請求了又請求。我偏不唱！

寫到這裡，我還要告訴您，有一個狗尾公爵——我幾乎把他漏掉了。大家稱他做「小公爵」。爸爸，您知道這個人麼？子爵夫人告訴我，狗尾公爵也是「海上五魔王」的後代，跟我們家裡也是世交哩。

這位小公爵跟我同年，不過比我小兩個月，他就趕著我叫姐姐。他真是一個小孩子，他也老是夾在小姐太太隊裡，好像小孩子依著母親和姊妹們一樣。經子爵夫人介紹他跟我認識之後，他就對我說：

「我在香噴噴公司裡做事。現在成立了肥香公司。我就可以升一級了。香噴噴先生是個好人，他看我們公爵府破了產，就收留我，要我在他公司裡當職員。我今年才二十歲，將來也許可以交好運。我的運氣實在不好。我家裡一點田產都沒有了。您府上還有田產沒有？」

子爵夫人告訴他，我們還有些田產在桃莊，替我們管田的人就是桃大人。

「哦！就是老桃！」小公爵叫起來。「老桃本來是我們公爵府的帳房先生。他現在還常常寫信來給我問安哩。他是很聽我的話的……啊！桃莊的棉田！這是我們帝國唯一的產棉區呀，真的！我們公司每年要在那裡買賣棉花。」

一會兒他又對我說：「子爵夫人說您極聰明，說您讀了許多書，叫我跟您學學。我很願意向您請教。您對於打電報——研究過沒有？」

「什麼打電報？」我一時不明白他的意思。

「啊，我研究過。打電報的文字要簡單，要是沒有研究過，擬電報就擬不好。

比如香噴噴公司每年要在桃莊收買棉花，就總是由我出名打電報給老桃：又要簡單，又要清楚。打電報並不是一樁容易的事呀。」

那些客人都不大理會這位小公爵的議論。只有派他做事的時候，才跟他講話。子爵夫人告訴我，小公爵每月的薪水只有十幾塊錢。真太可憐了。

還有幾個很有趣的人……可是下次再告訴您吧。要是盡寫下去，這封信真不知道要到哪一天才可以發哩。那您會要盼望的。

不過有幾件小事要問問您。一件是大糞王請我替他向您致意，他說他雖然沒有看見過您，可是他常常想起這些親戚。爸爸，大糞王跟我們到底是什麼親戚？我們真有他這樣的親戚麼？（我聽了不大舒服。）

還有一件。您為什麼不回五色子爵伯伯的信？他跟子爵夫人談起這件事，他似乎不大高興。您為什麼不理他？他得罪您了麼？

寫一封長信來吧，爸爸！

擁抱您！吻您！

水仙

七

亮毛爵士把這疊信吻了一下，又把它貼到腮幫子上，帶著微笑。

他女兒雖然是他的寶貝，可是他跟他女兒總是不大在一起。他的太太死得太早，他自己呢，他還得為他的大事業活動。水仙簡直像一棵野生的樹，自生自長到了這麼大。

從前他帶她到外國去旅行的時候，她只有十歲。他就把她丟在大鷹國進學校，託那裡的朋友照應。他自己可又到別處去跑了一圈，一個人回國來了。水仙到了十六歲，她自動離了大鷹國，到一個世稱「藝術家的故國」去學繪畫。

近來亮毛爵士很不得意。他覺得寂寞，一定要他女兒回來。於是她在去年年底回了國。不過她還沒有依在他身邊。那女兒仍舊繼續弄她的那一套，跟一些畫家和音樂家混在一起。做父母的仍舊繼續在那裡掙扎，想掙出一個地位來，想掙出一點兒錢來。

這時候亮毛爵士對自己說：

「以後我們兩父女總要在一塊兒過活。」

他覺得將來——也許水仙可以使他幸福。到底是一些什麼幸福？怎樣來使他幸福的？那他可還沒有明明白白想到。

他又翻著這一疊信，在這裡那裡挑著看一兩段。

這孩子也真太不懂事了，唉！她在海濱別墅認識了那麼多人物——帝國數一數二的大財主也在那裡面。可是她簡直不理會他們！可是——唉，做父親的現在這麼奔來奔去，現在坐著馬車往桃莊趕，為的什麼呀？

「這孩子！」亮毛爵士自言自語著。「你也像我一樣驕傲：你真不愧是我的女兒。可是咱們現在沒有資格驕傲了。要是枯井侯爵的事情一辦成功，我就可以大模大樣，滿不把那些暴發戶看在眼裡。現在——不行了。孩子呀，不行了。」

你瞧，前幾天他還沒有想到要理會五色子爵哩。這次可不得不回五色子爵一封很謙卑的信（就是昨天在旅館裡寫的那一封），談到他自己上了神學大師的當，承認自己打過一些糊塗主意。還談到他自己的一些困難情形。他請五色子爵幫他一個忙：他想要把他田上的出產押幾個錢。信上還寫了這樣的話：

「務必請您代我向那些有錢的商人接洽接洽。我想您一定肯幫我渡過目前的難關。即使您對我還有不愉快的地方，可是請您想想我們過去的友誼，還請您看水仙的面上，把我從破產的境地中救出來吧。你們夫婦都疼愛我的水仙，請您替她的幸福打算打算，幫她家裡一個忙罷。」

唉，水仙小姐所看不起的人——正是她父親現在要找都找不上的人，不過五色子爵大概也會為了水仙的緣故幫他一個忙的。

果然，亮毛爵士到了桃莊之後，不久就接到了五色子爵的回信。五色子爵還是很夠朋友。

「關於您的困難，我以為要想一個根本的解決辦法。您押給便便銀行的田，應當要設法收回。如果你同意的話，我就替您去辦。至於目前，您也不必著急。肥香公司就要派人到桃莊去收羅棉花了。能出什麼價錢，可還沒有決定。但總可以先付您一部分款子。」

於是他不再發急了。他在桃莊過得很舒服。替他管田的那個桃大人，把他照拂得周周到到。

這個桃大人真是個好人，亮毛爵士也不對他擺架子，倒有說有笑的。

「老桃，你倒好福氣呀。你的兒女都不錯。你那兩個兒子快進大學了吧？」

「回大人：大的已經進了帝都大學。小的那個還在中學裡。」

「你們桃姐兒為什麼不進學校？」

桃姐兒是桃大人的大女兒，住在家裡幫著管管事。桃莊人都稱讚她聰明能幹。有人說，要是桃大人沒有這麼一個女兒，那桃大人有許多買賣怕還做不好哩。

「她也讀過幾年書的，大人，」桃大人眼睛對著自己的鼻尖，「像我們這種人家，女孩兒何必多讀書呢？家裡又少不得她。」

其實桃大人這一家是桃莊第一個大富戶。他自己有許多田，附近幾縣的都知道他的名字。可是頂出名的是他的棉花生意：誰要收買大批棉花，總得去跟桃大人商量。

地方上的人都很敬畏他。這不單是因為他有錢，還因為他是坐山虎大爺的朋友。坐山虎在這一帶很有勢力，到處都有他的徒弟：在桃莊的幾位大徒弟，就都跟桃家來往很密，跟桃家兩父女極其要好。

然而桃大人一到了亮毛爵士面前，可就畢恭畢敬，而且把自己說得非常卑賤。每天早晨還親自到爵士那裡去問安。看爵士喜歡吃什麼，他跟桃姐兒親自到廚房裡去安排。亮毛爵士不叫他坐，他不敢坐。亮毛爵士沒有問起的話，他不敢多嘴。

「老桃，桃姐兒倒比你活潑得多哩。她不像你。」

「這孩子有野性子，大人。這孩子是在學堂裡變野了的，大人。」

可是這位大人很喜歡桃姐兒。桃姐兒看他住在這裡沒有什麼消遣的，就邀一些朋友來陪他打牌，玩鴨鬥，打獵，有時還坐著馬車到棉城去看戲。要不然的話，亮毛爵士在這裡要悶壞了。

五色子爵的回信到了之後，亮毛爵士這才決計要談點正經事了。

「桃姐兒，我今天要跟你父親講幾句話，你去叫他來。」

那位桃大人一進了房門，亮毛爵士也忘記了叫他坐，就問起話來。他問到棉花生意，問到棉花向來賣什麼價錢……

「大人，金鴨上帝在上！」桃大人仿佛有點吃驚的樣子。「小的雖然卑賤，可是從來不敢昧著良心做事。大人照顧小的，叫小的替大人管這一份田產，小的看得比自己的產業還要緊些，處處要忠心報答大人。小的照管大人這份田產，每年總要貼許多錢進去。大人吩咐小的替大人借債，小的也賠出了許多利息。小的可不敢請大人補給我。小的常常跟我那個丫頭說：我替東家大人貼幾個，也是應當的。」

「我沒有問你這個呀，老桃。我只問問你——這幾年棉花是個什麼價。」

「喳，大人！可是金鴨上帝在上，大人田地上出的棉花——每年收好多，賣好多，賣什麼價錢：每年小的都有細帳稟告，乾乾淨淨的。」

亮毛爵士微笑了一下：

「我並不是要來查問你，你每年報的賬，我都過了目。如今我不過是忘記了，順便問你一聲的。」

桃大人遲疑了一會。可是桃姐兒走進來了，原來她一直在房門外聽著哩。她代替她父親回話：

「這幾年棉花倒還值價，大人。像前年——有好幾家紡織廠搶著買，價錢上漲到十二塊四五一包。去年一包也賣到了十塊開外哩。」

「從前可賣不起價。」桃大人補充了一句。

「從前是外國棉花進來得太多呀，」桃姐兒很懂事似的又插進來。「外國棉花一進來得多，我們的棉花就賣不起價錢了。」

她父親可橫了她一眼：

「只有你曉得！我跟爵士大人回話，要你來多嘴逞能！」

那位爵爺大人笑了起來。他說桃姐兒並沒有講錯。從前帝國的海關都放任那些外國東西進口：這都是那些買賣人興出來的規矩，叫做——叫做——嗯，他又忘記了這個名詞了。那不管它。總而言之，現在海關正正經經抽起進口稅來了，所以這幾年棉花才有這個好價錢。至於今年——

「老桃，你看今年他們來收買棉花的時候，能夠出到什麼價錢？」

「這是料不到的，大人。」

「至少至少——也該跟去年差不多吧，你看？」

「這是料不到的，大人。」

亮毛爵士看看桃大人。桃大人趕緊把眼睛對著自己的鼻子。

「爸爸，」桃姐兒叫。「您不是還要去照拂那些木匠修牛欄麼？」

這麼著才使桃大人有個藉口告退。他們父女倆都不願意跟那位爵士談什麼棉花價錢。桃大人鞠個躬，才走了出來。桃姐兒可微笑著瞟了爵士一眼，很活潑地行個禮。到了房門口，又愛笑不笑地瞟了爵士一眼，這才跟著她父親到了外面。

桃大人想來想去有點放心不下，他悄悄地跟女兒說：

「爵爺大人為什麼忽然精明起來了？——問起這些事情來了？」

「他老人家大概是急著要錢用。」桃姐兒也把聲音放得挺低。

「可是——可是他老人家怎麼想得到問起這些事情的呢？一位爵爺竟管起這些小事來了，這作興麼？」

桃姐兒四面瞧了一瞧，就把嘴巴鬥著她父親的耳朵：

「我看，爵爺大人的那個老聽差——那個老羊——那簡直不是個好東西。一定是他攛掇著爵爺大人來問這些行市的。」

「哼！」桃大人用鼻孔笑了一聲。「我當然不會把這個行市告訴他老人家。今年起碼要賣到十五塊一包。我說要十五塊就可以抬到十五塊。不過——不過——金鴨上帝保佑咱們，總要爵爺大人不再問起就好了。」

可是桃姐兒很驕傲地笑了一下：這又何必勞動金鴨上帝呢？她桃姐兒就有辦法，於是那天下午她去找來一些流氓朋友，去請求亮毛爵士指導他們玩鴨鬥戲，還要求亮毛爵士當眾表演一次。

亮毛爵士高興得跳起來。這就專心對付鴨鬥戲，再也沒有工夫問起別的事情了。並且還命令他的老聽差——

「老羊，你坐我的馬車——到家裡把我那套最新式的鴨鬥服取來。快去快來！限你在五天打來回！」

八

過了幾天，肥香公司派一個職員到桃莊收買棉花來了。這個職員是個世家出身，叫做狗尾公爵，大家都稱他做小公爵。

這位小公爵一看見亮毛爵士，就親熱得很，趕著他叫叔叔。

「叔叔，水仙姐姐的畫兒畫得才好哩。她在海濱別墅畫了好幾幅油畫。如今她在帝都也還老是畫畫。我也想跟她學畫畫，可是我沒有工夫。公司裡的事情忙得很。格隆冬先生派我來買棉花，五色子爵伯伯又叫我帶信給您，叔叔，您此刻有工夫看信麼？」

說了就掏出一封五色子爵寫給亮毛爵士的信來。這封信上說，肥香公司要辦個糧食部，做糧食買賣，現在正想要租點田地。五色子爵勸亮毛爵士——把桃莊的田地租給肥香公司。信上寫著這樣的話：

「至於您押給了便便銀行那份田地，我已經向肥香公司交涉好了，請肥香公司代替您向便便銀行贖回來。然後肥香公司再跟您訂一個契約，租您那份田地。以後您每年就可以坐收一筆租金，年成好不好都也一樣有得拿，一文也少不了。

而且以後再也不會有老桃指您的油。」

再呢，亮毛爵士田地上今年所收的棉花，可以全部賣給肥香公司，馬上就付錢。這封信上還寫了許多懇切的話，勸亮毛爵士到帝都去玩玩。五色子爵在帝都等他，有許多話要跟他談談。

「您在桃莊把一切事情辦好了之後，就請立刻動身吧。」

唉，五色子爵真夠朋友，真夠朋友！可是——

「棉花是什麼價錢？」

亮毛爵士問小公爵。

「我們公司裡出五塊錢一包。叔叔，這是公司裡規定的。」

「五塊！——為什麼出得這麼少？一包是多少斤呀？」

「一包是五十斤，叔叔。」

「五十斤麼？」亮毛爵士跟著說了一句。「好吧，我是賣定的了。我吩咐老桃一聲，你叫你的工人到老桃那裡去稱我的棉花就是。」

於是他又專心一志地玩他的鴨鬥去了。他打算把那批要學鴨鬥的朋友再訓練幾天，他就到帝都去。

小公爵可得意得了不得，老是笑嘻嘻地對自己說：

「我一辦起事來，就馬到成功。一開首就做成了一筆買賣。」

然而還有大批的買賣——那可不順手。桃大人自己有許多棉花，不肯賣。桃莊那些農家有許多棉花不肯賣。

這真可惡！公司裡特委派他小公爵來幹這個差使，那只是想叫他小公爵立一個功。桃大人是聽他的話的。可是現在——怎麼啦，這是？

小公爵這就坐到一把舊太師椅上，決計要好好地教訓桃大人一頓。

「老桃！我問你：我是什麼人？」

「哦，公爵大人，您是我的小東家。您是我的小主人。您是……」

「老桃，我問你，你是什麼人？」

「哦，公爵大人，我是您的奴才。小的一家人今天有一口飯吃，有一件破衣裳穿，都是公爵府的恩賜。小的一輩子也不會忘記，小的的子子孫孫也不會忘記……」

「那麼——你應當聽我的吩咐：把棉花賣給我們公司！」

「啊呀啊呀，公爵大人！這個這個——唉，公爵大人，並不是小的不聽吩咐。

公司裡出價這麼少，小的就太吃虧了。亮毛爵爺大人是一位爵爺，說賣就賣，小的可不能跟他老人家比呀，公爵大人。」

這時候桃姐兒也插嘴了：

「公爵大人，公司裡可不可以多出一點呢？要是這個價錢，桃莊所有種棉花的人都不肯賣的。」

可是小公爵做不得主。

格隆冬吩咐過小公爵的：「決不能超過這個價錢。他們一定肯賣的。你好好地去跟你的老桃辦交涉吧。」

現在可怎麼辦呢？

不過小公爵倒也不怎麼著急。桃莊人並沒有什麼了不起。誰不肯賣——喊他們來，對他們開導開導就是。

第二天上午，桃姐兒當真喊了許多種棉的人來。桃莊那些農家——有許多已經等不及，就把所收的棉花零零碎碎賣掉了。那些還沒有賣掉的，就都跟著來打聽打聽。另外還有一些是來看熱鬧的。這就男男女女的來了一大批。他們都擁在屋子門外，好奇地看著那位小公爵大人。有幾個還小聲兒談論幾句。

「進來呀！」桃姐兒叫。

大家躊躇了一會，推推攘攘亂了一會，這才進了屋子。他們有的打著赤腳，有的穿著木屐。他們似乎怕他們腳上的泥弄髒了地板，就都靠門邊挨著。他們還是盯著小公爵。

桃大人對他們說：

「公爵大人在這裡。他老人家來向我們買棉花。這幾年棉花賣什麼價，你們是知道的。今年可就不同了。你們把你們的難處稟告公爵大人吧。」

他們你看看我，我看看你，誰也不開口。

有一個精瘦的女人，露出半個奶子，抱著一個孩子擠在門口往裡看著。忽然她那個孩子哭了起來，這才打破了沉靜。她立刻就抱著孩子走開了。

「說呀！」桃大人簡直生了氣。「你們這些賤種！好意要你們說，你們倒又會裝啞巴！」

這時候有一個枯黃的小孩子，正在那裡望著桌上一盤奶餅出神，把一個指頭咬在嘴裡，唾涎流得滿手都是。現在他聽見這麼一聲吼，就趕緊退到大人身後去躲了起來。

小公爵坐在太師椅上動也不動，他有點不耐煩了：

「老桃，問問他們——到底賣不賣。」

他們中間起了一點小波動。還有人小聲兒催著這個那個：

「老木，老木，你說吧。」

「還是叫阿毛說吧。阿毛，你說。」

「怎麼不請西大叔說？」

「哎唷，你們真是！」有一個女人咕嚕著。「平常你們嚼不爛的舌根，如今倒這樣客氣起來了！」

「西大叔，您說，您說。」

「西大叔，西大叔。」

大家把那位西大叔推到了前面。西大叔看看桃大人，又看看小公爵。他說話的時候——兩隻手不知道放在哪裡才好：一會兒垂下，一會兒又理理衣襟那幾塊破補丁。

「公爵大人，我們租人家的田來種，每年只有這麼一點點收成。一年就只指望這個時候……」

「您請公爵大人加一點兒價，西大叔。」

「是的，加價，」西大叔咽了一口唾沫。「我們欠了許多賬，就靠這個時候還……一年的用度也靠在這裡……」

「這樣的棉價我們都得挨餓了。」有一個人插嘴。

小公爵拿起一片奶餅來，咬了一口。他說：

「你們肯不肯賣吧，你們說。」

一個老太婆擠到了前面，忍不住地講起來：「小老爺，賣總要賣的。我家裡一個錢沒有，不賣幾個錢怎麼過呢？我們阿毛租了桃大人一點兒地，一年忙到頭，到了來年熱天總要當當。有雜糧吃還是頂好的。您問問西大叔就知道了。有幾年連樹皮都剝來吃。可憐我們阿毛——累到二十五歲了還沒有娶個親。我總是禱告金鴨上帝，讓我們阿毛討個媳婦吧。唉！我的上帝，哪裡來的這筆錢！我對我們阿毛說：我這個老娘拖累了你了，孩子，我拖累了你了……」

她說得眼淚巴巴的。

「媽媽，算了吧！媽媽！」阿毛痛苦地說。

「讓我說，讓我說！」她用手背擦擦眼淚。「小老爺是好人，我要讓小老爺曉得曉得。小老爺，我們莊稼人飽一頓餓一頓，全靠金鴨上帝……」

桃大人很不耐煩地打個手勢叫她不要說廢話了，可是她總不肯停嘴。她還當小公爵是管得住桃大人，管得住一切事情的。她一定要把她一肚子的委屈講個明白。

可是小公爵並沒有聽她的，小公爵在那裡跟桃姐兒談天：

「亮毛爵爺大人出去了麼？這裡離電報局多遠？」

那個老太婆可一把眼淚一把鼻涕，講到了那些年成不好的日子。原來有幾年田裡歉收，別的東家都答應少交一點租，可是桃大人的不能少。每逢到了年成不好，桃大人怕自己拗不過他的佃戶，他就拜託坐山虎大爺的那些徒弟們去收租。桃莊就有一個地痞，叫做鬼見愁的，常常幫桃大人幹這樣的事。

「唉，小老爺，」那個老太婆說到這裡，嘴唇痙攣地顫動著。「您想，鬼見愁大爺來了，我們哪裡還敢講什麼多話呢？桃大人是體諒我們的。鬼見愁大爺一幫桃大爺來收租，就——就——怎樣哀求都不行。我跟我們阿毛跪在他老人家面前說：『鬼見愁大爺，今年只收到五成。要是交了十成租，我們就只好餓死了。』唉，不行！要交足的！我們誰都怕鬼見愁大爺。我們要是有半個字不依他，他就跟他那幫大爺們來作弄我們：抓走我們的牛，把人吊起來打，有時候還把人摞到糞坑裡……」

這時候桃大人出來打斷她的話。他好像事不關己似的勸她幾句：

「唉！你何必埋怨鬼見愁大爺呢？這都是金鴨上帝的意旨，《經》裡面都寫得好好的。你們應當敬畏金鴨上帝。從前海濱公爵……」

「金鴨上帝可憐我們！啊，上帝！您為什麼要派人把您的子孫摞到糞坑裡呢？」

有一個中年女人也插嘴進來，她也說起鬼見愁欺侮人的事。

「前天——鬼見愁他們幾位大爺，陪這裡一位爵爺大人出來跑馬。那位爵爺騎著馬在我們田裡跑，把蕎麥都踹壞了。我們男人又不認得那位爵爺是桃府上的客人，一看就叫：『走開呀！怎麼在人家田裡跑！』誰知道鬼見愁大爺跑了上來，抓起我們男人就打。桃姐兒也在場，親眼看見的。倒是桃姐兒討了保，只罰我們賠一頓中飯。我們男人就跟我們孩子到街上去賒肉賒酒來，我在灶裡燒火。正在這個時候，鬼見愁和那幾位大爺就把我們那隻老母雞宰掉了。我們只有這一隻雞，留了下蛋的。桃姐兒是知道的。」

「好了好了，」桃大人擺擺手，「來談點正經事吧。」

桃大人又轉過身去，用一種很得意的樣子對小公爵說：

「公爵大人，您聽了他們這些話，您一定很高興。真是的。如今我們帝國裡面，恐怕也只有我們這一帶地方——還保持一點我們金鴨族的古風，只有我們這一帶地方的人，肯遵照金鴨上帝的教訓去做。別的地方恐怕就辦不到了，唉。」

小公爵笑著說了一句：「嗯，好玩！」——誰都猜不透這是指什麼說的。然後，他又跟大家談到買賣上的事來。

然而還是講不成。本地那些人都說起他們該了多少賬，欠了多少債，他們等著要錢用。而桃姐兒在旁邊解釋著，說他們錢少了就不夠還債，所以——

「所以他們雖然等著要錢用，太便宜了可不肯出賣的。」

小公爵又說了一句：「嗯，好玩！」接著看看那批鄉下人，又看看桃大人。

小公爵就決計要開導開導他們了。

「你們知道桃莊是屬於什麼縣麼？」他問。他停了一停又自己說下去，「你們沒有研究過地理，當然不知道。我告訴你們吧：桃莊是屬於棉城，為我帝國之產棉區。」

大家都你看看我，我看看你，似乎是問：「他老人家說這些是什麼意思呀？」

那不必著急，小公爵又開口了：

「你們知道青鳳國麼？」

有一個人正要張嘴答話，小公爵又說：

「哈，你們當然不知道！青鳳國在我們之西，物產豐富，棉花也出得很多很多。我們格隆冬先生叫我對你們說：你們要是不肯賣，我們就去買青鳳國的棉花，那麼你們的棉花賣不掉。你們賣不掉，就沒有錢。」

「可是價錢太賤了，我們……」

「你們知道麼？——我們公司為什麼不買青鳳國的棉花，要買你們的棉花，你們知道這個理由麼？這就是因為——我們公司要救濟你們。你們還是趕快賣掉吧，早點拿錢。」

那些鄉下人仿佛有點打不定主意了。他們瞧著桃大人。桃大人可什麼表示也沒有，只是幫著說了一句——

「公爵大人問你們肯不肯賣哩。」

「我們看桃大人怎麼樣。我們聽您的吩咐。」

「這個——你們自己做主吧。」桃大人說，「我呢，我現在是捨不得賣的。我也是等著要錢用，可是這個價錢我是不幹的。我寧願熬一熬，過一段時候，棉花一定會漲價。」

那位西大叔向大家提一個議：

「那麼我們也不賣。」

「桃大人怎樣我們也怎樣。」那個叫做老木的說。

於是好幾張嘴都說著——「不賣！不賣！」

啊呀！這個生意真有點麻煩，小公爵搔了搔頭皮。老桃應當聽他的話的。老桃自己也說，這一帶地方保持了一點金鴨族的古風，遵照金鴨上帝的教訓做事的。那麼為什麼又忽然不聽他的話了？他只好再開導開導看，還引了經文，說金鴨上帝是寵愛有爵位的人的。《經》上說，「你們要聽我的命令。」一個金鴨人難道可以不信《餘糧經》麼？

然而總是不行。桃大人簡直固執得很。

這麼著談了一個多鐘頭。小公爵就想出了一個好辦法：「只有發脾氣。」

好，就這麼辦。他把桌子一拍，指著桃大人的臉罵起來。他認為桃大人太不要臉。

「你是什麼東西！你是我們公爵府的奴才，揩了我們許多油，現在你倒神氣起來了！羞不羞哇，你！」

脾氣只管發，還是沒有用處。於是這天晚上小公爵擬了一個電報，第二天一早就發了出去。這是打給公司裡的，報告收買棉花的經過。電報是這樣的：

格隆冬先生賜鑒，敬啟者，無別。承先生不棄，派本公爵來桃莊收買棉花，並囑將經過情形電告。唯電報不比書信，只能作一簡單報告。第一，本公爵到桃莊後，即與亮毛爵爺大人做成交易，數目詳函。第二，老桃等人本公爵

亦曾與之交涉。至於經過情形，則一言難盡。其中對話頗多，動作亦復不少，欲在電報中一一詳述，實在不經濟。何以謂為不經濟？蓋電報費太貴，拍一個字之價錢，等於兩封平信之價錢。字數太多，即不上算矣。此項電報費，固不需本公爵自掏腰包，但本公爵絕不忍使公司太破費。何以謂為使公司太破費？蓋此項電報費概由公司付出，字數愈多，付出錢數愈多。本公爵處處為公司打算，使公司可以節省開支。瓶博士不云乎：每一文錢皆可生利，若浪費一文錢，公司即少收一文錢之利潤矣，豈不大可惜哉？是故，本公爵拍發此電時，為減少字數起見，萬不能囉哩囉嗦，而應乾乾脆脆作一二語，愈簡愈好。先生接此電時，或將嫌其語焉不詳。然此實出於不得已也。何以謂出於不得已？蓋為公司省電報費起見，不得不爾。萬乞先生諒之。若先生有不明瞭處，請即賜電垂詢，則本公爵不勝歡迎之至，當立即電復。但此刻只能作一簡單報告：必須將經過情形，擇其重而大者，略述一概要。而文字尤須簡練（至於何以有此必要，請參閱上文，茲不復贅。重複檢閱上文，雖使先生費事，但亦是出於不得已。乞諒之）。至是，本公爵即將報告矣，萬請先生仔細注意。蓋言簡意賅，尤不可放過一字。然則買棉經過情形果何如乎？曰：不行！究應如何辦理之處，請立即電復示遵。唯電報文字務乞使之簡單，令公司省幾個電報費，實為公便。臨電不勝迫切待復之至。狗尾公爵叩。發電日期不注，俾省一字，亦乞先生諒之。如欲知何日所發，即請先生向電報局打聽。狗尾公爵再叩。

九

格隆冬看了電報，就皺了皺眉：

「小公爵這孩子真沒有用！伸手摸，你立刻動身吧。」

那位伸手摸先生本來替大糞王當祕書。後來派他到吃吃市的肥料製造廠做事。等肥香公司成立的時候，又把他調到總公司。他是個棉城人，桃莊地方情形他也還熟悉。

大糞王他們想做糧食買賣，本來決定好叫伸手摸去經理的。現在不過是早點派他到桃莊去罷了。

伸手摸帶著幾個幫手一到了桃莊，就辦了一件大事。

他跟亮毛爵士訂好了租地的合同，於是亮毛爵士把一切事情都料理好，表演了一次鴨鬥之後，就動身到帝都去。臨走的時候可接到了桃大人的一張帳單：把爵士在桃家吃的酒菜，茶水，點心，都開出價錢來。還有爵士的打獵、玩鴨鬥，也都算上了地租錢。

「爵爺大人，」桃大人畢恭畢敬地垂著頭，站在一旁稟告著，「小的是卑賤人。小的伺候了爵爺大人這麼一回時，請爵爺大人照價賞給小的吧。」

這位爵爺大人想要暫時記一記帳，以後再還。可是不行。爵爺大人的田地已經租給了肥香公司。要是賴著不還帳，桃大人怎麼辦呢？

「爵爺大人，」桃大人還是畢恭畢敬垂著頭，站在一旁稟告著。「小的是卑賤人。爵爺大人現在正有錢，請爵爺大人就賞給小的吧。」

亮毛爵士發了一通脾氣，把帳單一撕，不管三七二十一就要走。可是他的馬車已經被桃姐兒扣住了：不知道什麼時候運到了鬼見愁那裡去了。

他這就只好咬一咬牙，把這筆賬付清。他動身的時候簡直沒剩下幾個錢。

那位小公爵也窘得很。他這次旅行，公司裡本來給了他一筆出差費。他可花得太多了點兒，超過了公司裡規定的費用。他在桃莊吃奶餅吃得過多。桃大人開來的賬上——奶餅價錢比店裡買的要貴一倍。

還有更糟糕的哩。伸手摸告訴小公爵：

「你這回拍給格隆冬的那份電報——那筆電報費公司裡不能承認。要你自己負擔。」

小公爵是跟亮毛爵士同走的。這兩位爵爺都有點沒精打采。桃大人非常捨不得，伺候他倆上了馬車，還跪著吻了吻他們的腳：

「上帝寵愛兩位大人！小的永遠遵照金鴨上帝的意旨，終身做兩位大人的奴才。小的天天替兩位大人禱告。」

桃姐兒心裡也很難過。她老是問著：

「兩位大人什麼時候再光臨呢？」

「叔叔，」小公爵很感動。「老桃真是個好人哪。」

那個好人看著馬車走遠了，才嘆一口氣進屋子裡去。桃姐兒可對伸手摸瞟了一眼，很親切地問他：

「伸手摸先生，您為什麼要住在旅館裡，不住到我們家裡呢？您看不起我們，是不是？」

「哎，笑話！」伸手摸趕緊申辯，「住在旅館裡方便些。」

「伸手摸先生，您要不要看看我們的果園？我陪您去散散步？」

「下午我再來陪小姐散步。我現在有個約會。」

於是他鞠一個躬，匆匆忙忙走了開去。

原來伸手摸先生事情多得很。

他一天到晚跟幾位工程師看地，商量建廠房，要運機器，還要管許多許多別的事，至於買棉花的問題呢——他可一回也沒談起過。

「難道他們不要買棉花了麼？難道真跟公爵大人說的一樣——向青鳳國去買棉花了麼？」

桃莊的那些農家可更加著急。他們天天到桃大人這裡來打聽。那位西大叔試探地對桃大人說：

「我們大家都在那裡發愁。挨一天不賣就一天不得過。有人想賣掉算了。」

「那不行！」桃大人臉色忽然嚴厲起來。「我跟你們都講好了的：這樣的價錢決不賣。你們有人要是這麼便宜地賣掉，那我決不答應！」

「是，是，」西大叔嘆了一口氣。「等別的幾家公司搶著來買，就會漲價的，美氏紡織公司大概快要來買了。」

桃姐兒本來想要告訴他——這家美氏公司已經關了門。可是她想了一想，又覺得還是不講的好，就沒有開口。

於是西大叔他們和桃大人打個商量。他們一天挨不過一天地等錢用，他們想把棉花賣給桃大人。

「隨您老人家出個價錢，五塊錢一包都行。往後漲了價，是你老人家一個人的好處。上帝寵愛您！」

要是在去年前年，桃大人是肯幹的。便宜的時候買進來囤著，漲了價再賣出去，桃大人得過許多好處。可是今年似乎有點兒彆扭。要是老是沒有人買，將來老漲不起價來，那怎麼辦呢？說不定還會往下跌，那——哼！可更糟！

這兩父女商量了之後，就決計不囤，只是借一些錢給西大叔他們。桃姐兒告訴他們：

「我們也困難得很。不過我們看見你們這麼窘，我們怎麼樣也得替你們幫幫忙。可是利錢得稍為漲一點：一塊錢要兩毛五分錢利息。咱們還是老規矩，利錢按月付。到期不付就算複利。」

這麼著，就又放了許多債。

然而桃大人自己也熬不住了。他叫女兒去探探伸手摸的口氣。桃姐兒跑了三趟才找著。那個伸手摸這麼說：

「我的小姐，我老實告訴您：我們公司要單是買本國的棉花，那簡直不夠用得遠哩。主要的是靠青鳳國供給。只是帝國財部跟農部怕你們破產，就跟我們公司商量，希望我們來買你們的棉花。這完全為的是救濟你們農家。我們表示跟現內閣合作，滿足他們的要求，這才派小公爵來一趟。可是你們不肯賣，這有什麼辦法呢？賣不賣是你們的事。總而言之，我們已經對得住帝國政府了。」

「唷，救濟我們！」桃姐兒笑著瞟了他一眼。「說得那麼好聽！」

「呃，是真的。您不信——您看這些文章。」

伸手摸先生拿幾份報紙雜誌給她看。的確不錯，裡面有些文章——稱讚肥香公司的慷慨，說它出了高價去買桃莊的棉花，完全是一種慈善事業。對於公司其實是沒有利益的。那些寫文章的人還把帝國許多實業家教訓了一頓，叫他們學學肥香公司的偉大精神，不要只是看到個人的利益。

然而桃姐兒還是有點信不過。

「既然那麼慷慨，為什麼出價出得這麼低呢？」

「並不低呀，我的小姐。青鳳棉花——連運費也花不到五塊錢一包哩。」

「唵，不要撒謊！外國來的棉花這麼便宜？上了稅還只賣這麼點錢？」

那位伸手摸先生這就告訴桃姐兒，金鴨國跟青鳳國已經訂好了一個條約：入口的青鳳貨——稅已經低得幾乎沒有了。

桃姐兒可沒聽說過這件事。這個消息沒有登報，她不信。

「登報？」伸手摸笑了一笑。「別的國家要是知道我們跟青鳳國訂了什麼條約，它們不吃醋麼？這是不能公布的。你知道的，比如大鷹國——它就生怕青鳳國親近我們。」

後來伸手摸又說，青鳳國還有大批棉花要運來，到那時候還會要跌價。他好心好意勸了她幾句，還是早點賣掉了的好。她回答：

「紡織公司並不止你們一家。等別的許多公司來買的時候——您瞧吧。」

「當然，要是許多公司來搶著收買的話，當然可以抬抬價。」伸手摸點點頭，很不在乎地微笑著。「可是——我親愛的小姐，您去打聽打聽就知道了，到底有哪幾家紡織公司還能獨做生意，有哪幾家紡織公司還能夠來收買原料。」

他所說的這些情形，桃姐兒當時還將信將疑。可是一天一天地過去，就一天一天地證明出那些話不是哄人的了。她跟桃大人說：

「爸爸，棉花一天一天跌價哩。」

等到桃大人決計要趁早賣掉的時候，伸手摸可只肯出四塊八了。還說：

「我本想遲幾天再買的。過幾天每包一定跌到四塊五。」

桃大人滿臉都打起皺來，嘴唇打著顫，老半天才迸了一句話：

「四塊八就四塊八吧！——我讓你們吸我的血……得意了吧？」

一方面，桃姐兒跑到了西大叔家裡。

「西大叔，我看你不如把你的棉花早點賣掉吧。你欠了那些債，一天挨一天地背利息，何苦呢？」

「唉，您說的真是我心窩裡的話，可是桃大人不許……」

「有我做主！」桃姐兒拿出一付很熱心的樣子來。「賣幾個現錢吧。不過——唉，價錢又跌了：只賣三塊九。」

西大叔好像給什麼一震似的，竟傻了好一會兒。桃姐兒倒安慰了他幾句，還談到將來更會要跌。就這麼著，買賣做成了。然後桃姐兒又到阿毛家裡。又到了老木家裡。又到了許多人家裡。她一回去就報功：

「爸爸，我今天辦得很順利。最貴的是三塊九——我們一包可以賺九毛。最低的是阿毛他們，一包只花三塊。」

這次桃大人經手收棉花，雖然賺了好些錢，可是他總覺得悶氣。他一想到去年前年的好價錢，他連心都痛了起來，他恨極了肥香公司，恨極了伸手摸。

「為什麼他們出個什麼價就是什麼價，依不得我呢？為什麼他們可以使我倒運，使我吃虧呢？」

神學大師講過——只有金鴨上帝是支配人類的命運的。

「啊，全智全能的金鴨上帝！」桃大人叫，「伸手摸他們只是一些凡人，跟我一樣的是平民，為什麼我的命運要給他們抓在手裡呢？金鴨上帝懲罰他們吧！他們使我吃虧吃夠了。他們還要弄出什麼糧食公司，往後我還要更倒楣了。」

桃莊許多富戶——竟把田地租給了肥香公司。亮毛爵士也把田地租給了肥香公司。至於他桃大人呢，那是決不肯出租的。他要遵照金鴨上帝的意旨，保持原來的老樣子。

可是——他覺得他的世界一天一天小下去了。肥香公司要做糧食買賣儘管做他的糧食買賣，原不干他桃大人的事，然而這件事總叫他感到受了威脅。

於是他把西大叔他們找來，他不安地踱來踱去，一面對他們講著：

「你們都是跟我一樣，今年吃了這麼大一個虧。那家肥香公司簡直是卡住我們幹。以後可更加不得了。他們正在那裡大吹大擂地辦什麼糧食公司，你們看見了麼？他們要用什麼機器來犁田，用機器來種地。他們種東西又多又快，他們出的那些糧食跟棉花什麼的，就會賣得極其便宜。我們呢？——可怎麼辦呢？我們地上出的東西就會更不抵價了，恐怕賣都賣不出去。我們等著餓死麼？」

這些事——西大叔他們本來沒有想到過，現在這麼一提，他們就覺得有一片烏雲蓋到了他們頭上似的了。

有誰壓著嗓子罵了一聲。有誰輕輕地嘆了一口氣。西大叔小聲兒叫：

「唉！金鴨上帝！」

桃大人站住了，很嚴肅地說：

「這並不是上帝的意思！倒是伸手摸他們——違背了上帝的意思！我們是敬畏上帝的。我們要遵照金鴨上帝的意旨！替我們地方定一個規矩——不准有什麼種地的機器到我們這裡來！」

於是大家哇啦哇啦嚷開了。

是啊！是啊！要想辦法。要定出這個規矩。要伸手摸他們照這個地方上的規矩辦。要不然就攆他走！

他們還計畫好一些戰略：來不得就動手打架。這當然是桃大人的主意。桃大人已經約好鬼見愁他們幫忙。這件事是十分有把握的。臨了兒桃大人還使西大叔他們賭了個惡咒：一切都聽桃大人的分派。

桃姐兒可不大同意這個計畫。她怕事情弄不成功，反倒要吃虧。她試著勸勸她父親，可是她父親正在火頭上。

「不要管我！」他吼了起來。「我非對付他們不可！我要使他們在桃莊站腳不住——看他們還能不能卡住我！一面我也好替這回的棉花買賣出一口惡氣！」

十

這一次桃莊可就出了一件大事。

起先是伸手摸接到一封匿名信，叫他不要運什麼機器來。他不理。第二天就有一批鄉下人和一些地痞闖進了他的辦事處，把一位工程師打傷了。伸手摸幸虧溜得快，要不然他也得吃點兒眼前虧。

接著西大叔他們又到路上去放哨。要是機器運來了，他們就打毀它。

伸手摸這就趕快去請了些巡捕來保護，一面向地方法院去控告桃大人他們。

棉城和吃吃市的報紙上——都把這件新聞大登特登。有好幾位記者到桃莊來了，把這件事打聽得詳詳細細。有幾家報紙就發起議論來，說這次的亂子固然是觸犯帝國刑法的，可是除開法律之外，還有一個大問題：

「肥香公司要在桃莊辦一個大規模的農場，要採用科光博士最近發明的新式『旋輪耕機』和『大糞式割禾機』。這樣一來，糧食就會跌價，桃莊的農家就會受到很大的損失。帝國農部應當念及這些農家，不准肥香公司採用那些機器。」

另外的報紙可就馬上加以反駁，並且挖苦那幾位作者沒有常識。因為個個人都知道——只有靠生意上的自由競爭，才可以促進帝國的文明。桃莊的農家為什麼不去採用更好的「旋輪耕機」和「刈禾機」，把糧食出得更好更賤呢？這樣一競爭，帝國的農業就更進步了。帝國農部決不會幹這種傻事，來取締什麼耕種機的，因為這種舉動是開倒車，而且還違反了帝國的憲法。

這些辯論可跟桃大人不相干。他看也不去看它。他只提溜著他自己的事。老實說，他很有點著慌。

「唉，爸爸，咱們就讓點兒步吧。」桃姐兒勸他。

「怎麼讓步法？」做父親的嘆了一口氣。「這場官司還不知道怎樣了結哩！」

桃姐兒看著他爸爸已經鬆了口，她就去找伸手摸，談了幾次，他們竟做了很好的朋友，伸手摸竟介紹了一位律師替桃大人辯護。桃大人呢，則把所有的田地都租給了肥香公司。

這件刑事案子開了幾次庭之後，宣告桃大人無罪。西大叔給證明出來是個首犯，判了一年兩個月的有期徒刑，還要賠償肥香公司的損失，並擔負那位受了傷的工程師的醫藥費。

其餘的從犯——證據不夠：開釋。可是他們都不服。

「老爺，老爺，」一個老太婆叫。「我跟我們阿毛也打了人的呀。怎麼不叫我們坐牢呢？」

「老爺，我叫做老木，我也去打了伸手摸的屋子的。」

跟著還有許多人都也嚷著自首，他們硬要老爺們判他們的徒刑。

可是老爺們已經退了庭。那位書記官走在最後，驚異地瞅了他們一眼，也就走進去了。

法警趕他們出去，他們可簡直不想走。七嘴八舌地求著：

「判我們的罪吧，判我們的罪吧……」

許多旁聽的人都好奇地圍著他們，想不透這是怎麼回事。看見那位替桃大人辯護的律師正在收拾他的皮包，有一個熟人就叫著他問他：

「梅大律師，您看這不是怪事麼？——他們拼命要放棄他們的自由！」

那位梅大律師顯然是被感動了。他嚴肅地說：

「他們難道不知道自由之可貴麼？可是他們寧願犧牲他們的自由，來維持帝國法律的尊嚴。他們認為他們自己是觸犯了帝國刑法。要是法庭不處罰他們，他們良心上會難過的。他們有他們的責任感。」

有一位棉城的記者掏出一本簿子來，把這些話都記了進去。然後問：

「照大律師看來，這些鄉下人是不是都研究過刑法上的條文呢？」

「他們未必研究過那些條文，」梅大律師稍為怔了一下，又恢復先前的莊嚴神氣，「我剛才說過，他們只是出於一種責任感：他們被他們的良心所驅使，不得不出來自承有罪。而這種行為——事實上就是尊重了帝國的法律。」

「把我送到監獄去罷，老爺！」那些桃莊人又叫。

梅大律師打個手勢請他們暫時莫開口。他還得把剛才的題目講下去。他挺了挺胸脯，把挾著的皮包聳上了一點兒，免得一不留神掉下來。

「本律師深知我們帝國法律的倫理的價值。總而言之是——記者先生，請您聽仔細，請您不要記錯——總之是這樣：只要是我們憑良心做出來的事，就無不跟帝國法律的精神相合。」

那位記者先生——不知道是故意要考問梅大律師呢，還是真的不懂得——又問道：

「要是他們不來投案呢？會不會有什麼別的報應呢？」

「那他們就會受良心上的責備，」梅大律師又把他的皮包聳了一把。「可是受良心上的責備，那真是一件極難受的事。您想想吧，他們犯了罪，可又得不到一種處罰，那多麼痛苦哇！帝國的司法者就是要解除他們這種痛苦的。法律裁判就是道德裁判。他們來投案，就等於向上帝和自己的良心作懺悔。」

有一位紳士聽了這些道理，就忍不住肅然起敬地看了那批桃莊人一眼。他說：「梅大律師，我看別的國家裡不會有這樣的情形。只有我們帝國才會有這種動人的事。我們金鴨人特別有一種責任感，特別尊重帝國的法律。世界上的人——也只有我們金鴨人生就這麼一顆良心，來適合我們帝國法律的精神。」

「可不是嗎！」梅大律師熱烈地叫起來，「這就是我們的金鴨精神，我極希望有外國人知道這件事，把它寫出來——讓各國人看看我們餘糧族的氣質。」

說了就看看表。梅大律師的時間是寶貴的，不能在這裡多耽擱。於是他轉過臉去，對那批桃莊人講了幾句話當作收尾：

「你們可以靜等你們的良心，看還有什麼吩咐。你們只要照良心的吩咐一步步地去做，就自然而然會合乎訴訟手續。因為訴訟法裡面所規定的一切——也是跟良心的要求是一致的。」

於是辯論終結。梅大律師轉身就走。

「呃，梅大律師！」那位很熱心的紳士喊住了他。「你還是告訴他們您的事務所在哪裡吧。要是他們沒這耐性要等良心的吩咐，那麼他們就還是不明白訴訟手續。那麼他們就可以來請教您。」

「我不大想做這筆生意。他們負擔不起那筆談話費。」於是點點頭走了。這次可又沒有走成。有幾個桃莊人拽住了他：

「老爺們談了半天——就這麼走了麼，不判我們的罪了麼？」

那位記者先生又把這些對話記到了簿子裡，然後忍不住地問他們：

「你們為什麼這樣性急？你們的良心把你們責備得太不舒服了，是不是？」

「怎麼不性急呢？」那個叫做老木的回答的很快，「西大叔如今可享福了：坐到監獄裡去，又不愁吃，又不愁住，公家還發衣裳給他穿。我們呢，可就要在外面挨餓。我們也一樣的犯了法，為什麼不把我們關起來呢？我們回到桃莊吃什麼呢？」

一個老太婆擠了上來，用手背抹抹眼淚：

「老爺，做做好事吧。桃大人他們的田地都不要我們種了，我們到哪裡去租地來種呢？可憐我們阿毛——辛辛苦苦熬到二十五，還娶不上一個媳婦兒。早起晚歇的，飽一天餓一天的挨日子。我天天求金鴨上帝保佑我們阿毛，指望著一天好過一天，誰知道——誰知道——唉，現在連地都佃不到。老爺您瞧瞧我們阿毛！您瞧瞧！他急得臉都發了黃。老爺，做做好事吧，把我們也關到牢裡去吧……」

她不住嘴地叫著「老爺」，不住手地抹著眼淚，一面跪了下來。法警要把她拖起來，可她總不肯起身。

「上帝寵愛你！發發善心吧！」

那些看熱鬧的旁聽者都有點掃興。那位記者很有意思地瞅了梅大律師一眼。梅大律師可只搔搔頭皮，自言自語地打算著：

「唔，我一定要寫一封信給老聖人——問問他這個問題看。」

「老爺，老爺，」那個老太婆仰著那張眼淚巴巴的瘦臉。「您不讓我們坐牢，我跟我們阿毛怎麼辦呢？我們回桃莊怎麼過日子呢？——又沒有地好種，又沒有活好做，我們還欠了一屁股印子債。老爺，您不知道鬼見愁大爺他們討起債來多凶。我跟我們阿毛什麼都沒有了，怎麼還得起債……老爺，老爺，我們——唉，唉！」

梅大律師對那位記者說：

「原來他們所涉及的——並不是刑法上的問題，只是破產法上的問題。」

「唉，老爺！我拖累了我們阿毛了。他養他自己一個人都養不活，還要養我……讓我坐牢吧，老爺，老爺！」

這個老太婆老是纏住梅大律師。梅大律師一面掙開，一面對他解釋：

「現在只是民法部分的問題。懂吧？至於你談到你兒子能不能養你的問題，親屬法上並無明文規定。凡是法律上沒有規定的，那就無所謂道德不道德了，你何必關心它呢？即使——」

他看見那老太婆很著急地說了一句什麼，他就搖搖手：

「別擔心，別擔心！我不問你要談話費，我可以白盡義務告訴你。即使親屬法上有明文規定——不論怎樣規定，也不會判處你徒刑的，懂得了麼？」

於是他一抽身就走開了。其餘那些旁聽的人都散了。他們回頭瞧瞧——看見來了好幾個法警，這才把那些桃莊人帶勸帶拖地遣出了棉城地方法院的大門。

然而那批桃莊人並不回家去。他們在路上彷徨著。他們不知道要往哪裡去，也不知道為什麼要待在這裡。這時候天色已經晚了，又下起雨來。雨絲給風刮得橫掃到他們身上。他們打了個寒噤，就一個個挨到人家屋簷下站著，看著街心上濕漉漉的燈影，在那裡發傻。

十一

伸手摸常有信有電報給大糞王他們，隨時報告在桃莊的經營情形。

廠房造成了。碾棉機和紡織機也已經裝好了，已經開了工。唔，這是肥香公司第九分廠——現在桃莊完全辦成了。

不錯，那些新式旋輪耕機和刈禾機也運到了桃莊。已經如數招好了熟練工人。這就是說，肥香公司的糧食廠也成立了。

再呢，肥香公司還修成了一段鐵路：從桃莊到吃吃市。和那裡的幹線接了軌。

「嗯，我的勢力已經完全達到了桃莊。」大糞王驕傲地微笑著，右手還在隨意翻著伸手摸這些電報檔。

大糞王每逢在自言自語的時候，在心裡說話的時候，老是說「我的」「我的」，不說「我們的」。

「嗯，我可以完全支配那裡的買賣了。誰能來跟我競爭——跟我！」

說著就點上了一支雪茄。一面開開他的一隻保險箱，拿出一疊地圖來。他挑出一幅來放在寫字臺上打開，看了一會兒。然後用一支紅鉛筆——在桃莊那個地名上打了一個記號。

近來大糞王很喜歡玩這些地圖：這是幾位專家照著大糞王的吩咐畫成的。據大糞王自己告訴格隆冬，這些就是——

「是作戰的軍用地圖。」

這雖然是一句開玩笑的話，可是也說得很對。瓶博士不是常常說麼，「搶生意就等於作戰」。大糞王玩起這些地圖來，倒是很認真的，簡直像個指揮作戰的將軍。他用各種顏色的筆在上面打著各式各樣的記號。

只要一看這些軍用地圖，就知道肥香公司現在有多少種類的生產事業，它的勢力達到了哪些地方，還有哪些公司是聽命於它，屬於它的。

每一天——大糞王總要匀出一點工夫來，坐到他的書房裡去這麼享樂一兩個鐘頭。這時候他的聽差就替他在桌上放著幾壇酒，一壺咖啡。還把那些地圖分開釘在幾個特製的架子上，推到一張沙發面前。大糞王這就靠在那張沙發上，一面喝酒一面欣賞那些地圖。有時候他還要翻翻伸手摸那些人的報告。

這是他最快樂的時候。比無論玩什麼都要舒服。就是跟磁石太太在一起的時候，也比不上現在這樣地叫他陶醉。現在——他簡直忘了世界還有磁石太太那麼一個人。也忘記了香噴噴、格隆冬、保不穿泡。仿佛什麼人都不存在了。仿佛全國全世界只有他大糞王一個人：他把他的腳踏進這裡踏進那裡，用他的手抓著這裡抓著那裡。

他一會兒微笑，一會兒皺皺眉毛，然後出了一會兒神，猛地叫了一聲「哈！」就端起一滿杯白蘭地酒來，咕嘟咕嘟灌下肚去。

「你們這些可憐蟲，你們這些小東西！」他想像著世人都在他底下爬來爬去，他以鄙視他們的樣子對他們講話。「你們沒有發現我在這裡麼？你們不知道我麼？我！我的勢力只要一達到你們那裡，我就可以——要你們怎樣就能使你們怎樣！

可憐的桃莊人，你們竟不知道你們的命運之神是誰！」

他抽了兩口煙，腆著個肚子，對地圖上的桃莊輕蔑地瞅了一眼。

雖然他現在已經有點飄飄然，已經有了幾分醉意，可是他過癮還沒有過足。這些地圖，這些伸手摸的信電——只是講到了一些買賣上的情形。並且這只是一些概況報告，只是一些統計圖表。

嗯，這可不夠，大糞王還要——簡直像讀小說一樣，像看戲一樣，看看他的勢力是怎樣有聲有色地表現出來的。他只知道他的勢力，實際上擴張得有多寬，侵進了哪些方面。

這麼著，他叫他的祕書常常注意那些報紙雜誌。只要是有關於肥香公司的記載的，全都收集攏來。大糞王最喜歡欣賞這種文學。

現在他就照平日一樣，按按鈴叫他

的祕書，他要看這一類文卷。

其實這些文章他都看過。裡面所寫的那些事實，他全都知道。他只是要聽聽別人怎樣談著他所最得意的事情：這是聽一百遍也聽不厭的。

他翻出一篇報紙上的通訊。那上面講到現在桃莊變成了什麼樣子。有一段：

「無疑地，今日的桃莊已作為一徹底現代化的市鎮而出現於工業化和科學化的我們這大帝國之中，從而負起了現代文化的任務而成為那構成我們帝國文明之無數環節之一環了。現在我們可以指出那最有特徵也即是本質的不可忽略的和不可否認的並為大家所周知的一點，即，從前作為舊的保守的代表封建勢力的一環，即那些以不合法因而也是不合理的諸手段加諸當地的人們尤其是諸農家的諸地痞或賭棍，作為比嘖哈幫還保守和落伍得多的人們的不可或少的和有力的爪牙或武器而活動於地方上的這一事實，是已合乎理性地邏輯地被糾正和被廓清，而代之以合乎法制精神的因而也就是真理所在的一切現代的作為我們帝國文明的有機體之一部分的設施了；從而……」

大糞王念得很仔細，不過有點氣喘。其實他的肺活量並不算小，他還是吸足了一肺的空氣才念的。可是他總不能把一句念到底。他這就跟他自己商量著：

「為要做這篇通訊的讀者，則我之必須多行深呼吸以增加肺活量的這一事實，是不可被否認的。」

然後又翻出一篇文章來。這本來是登在一個雜誌上的，題目叫做「故鄉行」。作者當然是個桃莊人，寫他這次回到闊別幾年的桃莊，簡直不認得了。作者在這裡發了點兒感慨：

「重回故鄉的我，是整個兒茫茫然了。啊啊，上帝！故鄉於我是何等地生疏喲！這高聳入雲的大建築物，日夜不停的機器聲，是故鄉的本來面目嗎？無論何處，都有煤煙灰在飛，飛，飛，有如一大群翻翻的黑蝴蝶兒，這乃是何等的煞風景喲！我這一顆脆弱而多情的心兒，是深深地被惆悵與悲哀所壓住了！啊啊，故鄉！你原有的古樸的美，是怎樣消失掉的呢？」

「是我把它弄掉的。」大糞王回答。

「是一個晴朗的星期日，」那篇文章裡又寫著，「淒涼而孤獨的我，是可憐地徘徊於桃莊的街上，是一個熟人的臉也看不見！我用我含悲又帶情的眼睛向四面找，我是寂寞得有如在沙漠之中了！啊啊，我只看見陌生的臉！啊啊，這乃是何等的悲哀喲！我是啜泣了！我是傷心得受不住了，有如一隻被人佔去巢的可憐的小鳥兒！我是找我的熟人桃大人去了！桃大人亦是嘆息道：『啊啊，我現在乃是何等的寂寞喲！』啊啊，我與桃大人相抱而且可憐地痛哭了！……」

這篇文章——格隆冬也讀過的。格隆冬說：

「哭成這個樣子？這未免太愛哭臉了。」

大糞王也有一點懷疑。假如別的什麼文章裡有這些描寫，他決不會相信它是真事。可是這一篇寫到了那種傷心痛哭，那正是說明了他大糞王怎樣支配了他們的命運。他們越哭得厲害，就越是表現了他大糞王力量之大。他很高興看這種描寫。這正像一個頑劣的孩子玩弄一個蟲子似的，愛看看它那種痛苦掙扎的樣子。要是那蟲子立刻裝死不動，一點兒反應也沒有，那倒是非常掃興的事哩。

「我看——他們那樣抱頭痛哭，是可能的。」大糞王對格隆冬發表他的意見。

「那除非他們有點兒精神病，」格隆冬微笑著，「否則是不近情理的。」

當時大糞王可沒有提出什麼反駁，只是很自信地微笑了一下。現在他一個人在書房裡，把這篇文章這麼重新欣賞了一遍，他這就找出種種理由來了。他想：

「格隆冬說這是不可能的。嗯，他不知道——一個人要是有了絕對的權力，就能叫一切不可能的事都變成可能。」

他把這篇文章裡那些感嘆詞和感嘆符號——又挑幾個來玩賞了一下。

「看看我的力量！」他對著鏡子裡自己的影子，帶著醉意叫起來。「連他們的情緒，連他們的心境——我都支配得到！可是再看看那篇——那篇『桃莊一瞥』吧。」

於是他在那疊文卷裡找出了另外一篇東西——那是從「吃吃日報」裡剪下來的。那位記者把桃莊的新面目寫了一兩筆之後，就講到那些農夫。桃大人他們的佃戶佃不到地來種，一個個都流到外鄉去了。可是他們都捨不得離開故鄉。

「他們都這麼說：『在家千年好，出門一日難。』他們的許多代祖宗，都是生長在這裡，死在這裡，葬在這裡。這裡的泥土對他們太親切了，好像是他們的親人一樣。他們知道它的脾氣，知道怎樣才能夠滿足它。他們愛它愛得無微不至。然而現在他們不得不跟這親人生別了。他們躊躇著不肯走，對那些田地看了又看。我親眼瞧見有一個人撮一把泥土來嗅著，親著，又舔一點兒到嘴裡咂咂。一會兒又恨恨地把那撮泥土摔掉，罵了一聲什麼。他愣了一會，流下了眼淚，又用兩手捧起一捧泥土，裝進他的包袱裡。有好些人也都在包袱裡這麼裝著一點故鄉的泥土，千里迢迢地帶著它。」

記者還看見一個老太婆——大概有點神經病，她老是一把眼淚一把鼻涕地對人嘮叨著：

「你看我們阿毛，你看我們阿毛！我要他走，他不肯走：他說他不能把我一個人丟在這裡挨餓。我不死他是不肯走的。我已經累了他一輩子。可憐他二十五了，還沒娶個媳婦兒，每天飽一頓饑一頓。如今我又累著他不能到別處去找活……

「有一天晚上她失了蹤。後來大家發現她在一個池塘裡淹死了。她的兒子沒有哭，只是坐在那個塘邊，緊靠著他母親的屍旁，用手抓住他自己的頭髮，垂著頭在那裡發呆。差不多一整天——他不動，人家說話他也不回答。鄉下人大家張羅著埋他母親的遺體，他這才機械地跟著他們走。他在墳邊躺了一晚。第二天人家發見他躺著的地下有一小灘血。問他是怎麼回事，他死也不開口。這天他就離開了桃莊，不知道流到哪裡去了。」

「他當然是發了瘋，」大糞王想。「不知道流到哪裡去了麼？——唔，當然是去找活。等我的公司一添工的時候，他們這才有一口飯吃。」

忽然大糞王記起了他自己的故鄉，記起了他的伯母，他的堂哥哥阿叱。還記起老郡主。他想，他簡直天生的是來撥弄別人的命運的。可是這個念頭——這下子並不怎麼叫他愉快。他這就又去看那些地圖，去恢復他剛才的那種得意勁兒。

真是的。為什麼要去想什麼阿叱，什麼老郡主！來，看看這裡吧。這是帝都。這東邊的一條彎彎曲曲的藍線就是金鴨河。河邊有一所廢園，大糞王和香噴噴已經把它買了來，正在那裡造房子，預備做他們兩家的住宅。兩家是緊隔壁，還得開一個門叫兩家的花園相通。這裡——將來就得在地圖上添一個特別記號：這是全帝國最重要的地方，甚至於是全世界最重要的地方！

再看看黑市——這個鋼業區：金鴨煉鋼廠已經成了肥香公司的一部分了。肥香替它投了一大筆本錢去製造機器，並且還要籌辦一個軍火廠。

「哈哈，瞧著吧，」大糞王搖頭晃腦地對著地圖說，「我誰也不怕，你這裡這麼個黑符號——五色子爵說你也許會變成金鴨煉鋼廠的勁敵。可是我不怕。你算什麼東西！」

不錯，黑市那裡還畫著一個符號，那就是表示有一個新創辦的機器廠要出現了——叫做什麼「山兔公司」。大糞王他們這幾天常常談起這件事。大家都似乎有點擔心。大糞王可不大在乎：

「他們資本一定沒有我們的雄厚。不要長他人威風，滅自己志氣吧。」

十二

大糞王嘴裡說是這麼說，可是心上總仿佛長了一個疙瘩似的。那個山兔公司的老闆，叫做叮噹阿大，是老聖人的一個信徒。這是一個很有錢的人。他似乎很會玩些花樣：一會兒要辦一個什麼草澤糧食生產合作社，一會兒又要辦個什麼山兔公司來煉鋼，來製造機器。他請了一些大鷹國人來當工程師。他原是在大鷹國留過學的。

據五色子爵說，這位叮噹阿大是有意跟肥香公司系統過不去。叮噹阿大野心大得很哩：各種各色的買賣都想做到。

五色子爵雖然認識叮噹阿大，可是叮噹阿大那些做買賣的計畫，子爵沒有法子去打聽。

於是大糞王忽然想到了磁石太太。磁石太太跟老聖人那幫人是很熟的。老聖人的兒子小聖人——常常去聽她的戲，常常到後臺去看她，送花給她。《好人日報》的主筆也老是捧她的場。

「為什麼不叫她去設法打聽呢？」大糞王跟自己商量著。「她一定肯替我出力。我只要一招她，她就來了。」

要是在從前，大糞王早就想到叫磁石太太去幹這件事了。可是近來他跟她稍為疏遠了一點兒。原來她看見大糞王跟玫瑰小姐訂了婚，她表示了一些不愉快。大糞王覺得實在奇怪：

「我訂我的婚，為什麼你要不高興呢？」

她對大糞王表示過一個意思：她似乎想跟她丈夫離婚，來永遠伴著大糞王。大糞王認為這是一種孩子氣的打算，簡直用不著答覆。他只是用鼻孔笑了一聲：

「這有什麼意思呢？這有什麼好處呢？」

磁石太太就啜泣起來，埋怨他不愛她，垂頭喪氣地走掉了。

「哼，真是胡鬧！」大糞王很不高興。「我在你身上花了這許多錢，你倒拿一張哭臉給我看！反正討我的好的女戲子多得很。你不叫我愉快，別人那裡我不一樣作樂麼？」

後來保不穿泡告訴他，磁石太太似乎很傷心。什麼客都不見，脾氣也很壞，磁石先生也猜到她跟大糞王一定有了什麼彆扭，勸她不要跟這位闊佬鬧翻了。

所以現在大糞王很有把握：叫她來——沒有不來的。

果然。一個電話打去，磁石太太也沒有特別換裝，立刻坐上她的馬車就出發。她似乎瘦了一點，似乎憔悴了一點。又沒有著上她的豔裝，看來竟有幾分寒酸相。大糞王一看見，就有點不高興：

「為什麼她隨隨便便——也不打扮一下，就來看我了？」

這時候她站在房門口。她呆了似的瞧著他，一動也不動，一大滴眼淚滾到了臉上。後來她支持不住了，猛地投到了大糞王懷裡，抽抽咽咽哭了起來。

「哎，哎，哎，」大糞王皺著眉毛，「這算什麼呢？」

「我以為你已經不愛我了⋯⋯剛才接到電話⋯⋯」她抬起她那滿是淚水的臉來，微笑著，濕漉漉的眼睛發了亮。「一聽見電話鈴子響，我就有這個預感⋯⋯真的是你⋯⋯你還愛我！你還愛我！⋯⋯」

她使勁箍住了大糞王的脖子。

「坐下吧，坐下吧，」大糞王說，「我還是需要你的。我當然要找你來。我今天有一件事要告訴你。」

然而她還是嘮嘮叨叨的：

「唉，你不知道我這一向多難過！⋯⋯以前看見你跟那些女戲子要好，我還沒有這樣難過。我知道你最愛的是我……我只是怪我自己太年輕，不能使你完全滿意，不能夠滿足你……我讓你去找她們。我很放心：我知道她們奪不去你對我的愛……這一向——你不理我……想到你跟她們——唉，我說不出我的心境！我竟想要……」

她竟想到自殺過。不過現在哽著說不下去。而且她也羞於說出口，她怕大糞王笑她。她眼淚又重新流了下來。

大糞王扶著她坐下了，很溫柔地安慰著她：

「你何必那麼難過呢？我在那些女戲子身上的確花了些錢。可是當然沒有用在你身上的多。並且那是另外一筆開支賬，又不是把你的份兒勻在她們身上的。你放心吧。可是——」

他正要把話鋒轉到正經事上去，可又被她打斷了：

「你又講這樣的話！你又講這樣的話！你以為我像我的丈夫一樣麼？你以為我像他一樣的卑鄙麼？我頂看不起他那樣的人！他看見你有錢，就拼命巴結你，對你賠小心，那種小人該死樣子——簡直不像個男子！他明明知道你跟我的事，他不但不干涉，還生怕我得罪你哩。他把你我的愛情看做一筆好買賣……你竟以為我也是他那樣的人！你竟以為我是怕那些女戲子分了你的錢去！——你太不懂得我了，太不懂得我了！」

她又傷感起來，還帶著一副受了委屈似的臉色。

大糞王可張大了眼睛瞧著她。他真有點摸不著頭腦。他還是頭一次聽見她說這麼一套話。這簡直叫人想不通。她竟不稀罕他幾個錢！——那麼她愛我是為什麼呢？愛情難道可以不要代價的麼，嗯？

「那麼——那麼——要是我沒有錢，你也愛我啊？」

「一樣的愛你！」

「那麼——那麼——」大糞王驚異得連問話都問不出了。

「唉，真古怪！這真不可思議呃！你為什麼愛我，到底？」

她自己也說不明白。她需要一個真正的愛人。可是那些向她獻媚的人裡面——沒有一個中她的意的。他們越是巴結她，越是向她低聲下氣地賠小心，她就越討厭他們，覺得他們沒有一點男子氣概。倒是大糞王那種驕傲勁兒使她歡喜。

「我看你很有魄力，真像個男子漢一樣……」

「唔，你愛我因為我有魄力，」大糞王很自信地點點頭，「那是真的。我不許任何人拂我的意思。我不許人家在我面前說一個『不』字。我要行樂的時候，我不許人家在我面前擺出一副苦臉。人家非依我的不可。我就有這樣的魄力。可是你知道不知道——我這些魄力是怎麼來的？我有這魄力使你愛我，使許多漂亮女人愛我。我這魄力是怎麼來的？」

磁石太太只是瞧著他，一時猜不透他這些話是什麼意思。可是大糞王驕傲地笑了起來。他像逗小孩子似的拍拍她的臉，突然又說：

「可是現在——我的魄力要去受一種考驗了。我們帝國有幾個人物要跟我作對。你有沒有聽說過這件事？」

「你是不是說帝國議會有人跟你作對？」

大糞王彷彿覺得麻煩似的皺了皺眉毛：

「哼，那些噴哈幫的議員居然大發慈悲——大調查其工廠，大寫其報告，主張修改帝國工廠法。真無聊！老聖人他們居然跟他們一唱一和，叫一通上帝，講一通人道主義！我可沒把他們看在眼裡。不過有一樁事非常討厭：老聖人那些徒子徒孫很會投機，他們就趁在這個風頭上，要來辦什麼生產合作社，辦什麼公司。他們說他們辦這些玩意兒，是照金鴨上帝的教訓來弄的，講的是人道。他們竟要跟我搶一搶生意，這批混蛋！——據說他們竟博得了許多帝國人士的同情哩。我一定要打聽打聽他們的買賣計畫。這一向你看見小聖人跟至善先生沒有？」——至善先生就是《好人日報》的主筆。

「這一向我什麼客都不願意見。」

「哎，那又何必呢，」大糞王勸著她，「你常常去接近接近至善先生他們吧。我今天要跟你商量的就是這件事。」

他這就提到了山兔公司。他叫她去設法探點消息——看那家公司有些什麼生意經。他要是差一個男的去打聽，那就簡直沒有把握。女的呢，他們是不防備的。因為——

「女人的終身事業是戀愛，從來不會做什麼正經事。他們當然想不到你是有意去打聽，當然就會隨隨便便把叮噹阿大的買賣計畫告訴你了。」

磁石太太覺得有一盆冷水澆到了頭上。原來大糞王這回找她來——並不是為了想念她，只是要遣她去幹一件差使！

然而大糞王說得好：

「在戀愛方面——我還是需要你。現在又在買賣方面需要你。我需要你的地方這麼多，那還不好麼？你就可以明白我不會把你丟掉。我也不會虧待你的。我無論做什麼交易，向來是十分公平。我希望你也公平。那麼你應當愛我，不是麼？那麼你應當照我的話去替我做事，幫我一個忙，不是麼？」

「好吧。」她機械地應了一聲，深深地嘆了一口氣。

於是大糞王詳詳細細告訴她——她該去採訪的是哪幾項消息。他公事公辦地講了一大套，還叫她摘要記下來。然後他看看手錶，伸了個懶腰，他說今晚還有一個約會。

「怎麼，」他正站起來要到梳洗間去，可是發現她乞憐似的盯著他，「你是不是還有話要說？」

「你要趕我走麼？」

大糞王嘻嘻地笑了一下：

「對不起，今天我需要的是——嗯，改天我叫你來吧。」

他看見磁石太太好像石頭一樣地站在那裡，拿牙齒咬著嘴唇，他馬上就收了笑容：

「嗨，你這個人真是！你當然有你的好處，我承認。可是別人也有別人的好處呀。你不能干涉我的享樂。你要是還希望我愛你，那你——我老實告訴你，你頂好是不要做出這一副樣子來給我看。」

說了就用手飛一個吻給她，只管自己走出房門。可是他又回過頭來看看她，想了一想，就打了回轉，把她垂著的頭捧起來親了一下：

「唔，剛才我說話太大意了。不要見氣吧。乖乖地替我辦那件事去。至善先生他們對你很著迷，你一定容易成功的，可是——可是——」他瞪著眼，顯出了一副凶相，「我告訴你，你是我的人，你整個是屬於我的，我決不容你跟他們有什麼戀愛行為。要是你跟他們有一點點什麼，那我——嗯，我就——」

突然——磁石太太一把抱住了他，快活得眼淚直流：

「你吃醋！你吃醋！你不是把我看得那麼漠不相干！我是你的，我整個都是你的！……啊，我真幸福！」

「當然哪，」大糞王稍為有點氣喘，聲調可很平和。「你想呢？比如你這把綢傘——是你花錢買來的，是你的所有權，你肯讓別人來侵佔你的麼？」

磁石太太瞅了他一眼。她想要說什麼，可是沒有說。只搖搖頭，失望地嘆了一口氣。她走了。

「這是個怪女人。」大糞王想。

半個鐘頭之後，大糞王從梳洗間出來，正預備去赴約會。可是他沒有去成。呼呼幫俱樂部的祕書來了一個電話，說有要緊的事情要面談。大糞王這就在電話裡約定：

「唔，那麼您就立刻到香噴噴先生府上去吧。我也馬上就去。」

十三

那位祕書叫做海膽博士，他是常來找大糞王他們的。他一來到香公館，聽差們就帶他到一間書房裡去。他進門跟大糞王他們鞠一個躬之後，馬上談到正經事：

「我們今天得到一個消息：噴哈幫開了一個會，決定要在帝國國會提出修改工廠法的議案。」

「我還當是什麼天大的事哩，」大糞王滿不在乎地笑了一下，「我特為放棄了一個約會趕到這裡，哪知道只是——唔，博士就只是為這一件事來的麼？」

「是的。這是他們預備提出來的修改原則。」海膽博士從皮包裡掏出了一些文件來。

大家都靜靜地看著。那位香噴噴先生可發起毛來：

「什麼？——要限制做工的時間！要限制女工和童工的數目！這是什麼花頭？」

哼，花頭多的很哩。說是要在帝國工廠法裡規定——工人每天不能超過十個鐘頭的工作。還要禁止叫女工去做她們體力不能勝任的事。還要禁止雇用十二歲以下的童工，並且童工每天只許做八小時的工，還要讓他們讀書。

頂討厭的是——還要規定那些工人的種種保險費；什麼疾病保險，意外保險，失業保險。再呢，又要給六七十歲的退休工人一筆養老金。

「這是什麼工廠法呀！」香噴噴激動得嘴唇都發了白。「這樣我們公司就非賠本不可。還做得成什麼生意！」

格隆冬可一直在那裡抽煙，輕輕地皺著眉毛，對著這些檔出神。現在他就瞅了香噴噴一眼，很平靜地問海膽博士：

「這些保險費跟養老金——帝國政府可以補助多少？」

「他們還沒有議到具體辦法，先生。他們只是談到了一個原則，說是要由政府，廠方，工人自己——三方面來共同負擔。」

「那不行！那不行！」香噴噴叫。

大糞王抿著下唇微笑著，懶洋洋地說：

「海膽博士。我很佩服你們的辦事精神。你們一看到這麼一個玩意兒，就馬上忙了起來了。那麼——唔，你們對這個提案——表示一個什麼態度呢？」

「唔，他們就是為了這件事，派我來問問各位先生的意見的……」

「那不行！那不行！」香噴噴叫。

大糞王可躺到了沙發上，閉著眼睛。把一隻腿子叉開，伸出了好遠。他有一下沒一下地抽著雪茄，一面哼兒哈的發著議論：

「這是毫無價值的，我的好博士。帝國國會派工廠調查委員會去調查了幾家小小工廠，就說那些工廠太不人道。老聖人那幫『山兔宗』的角色，也大發慈悲，要講人道。噴哈幫主張修改工廠法，也說是從人道主義出發的。可是——人道主義難道是個值錢的東西麼，我的好博士，您說呢，唵？」

忽然——他睜開了眼睛，擺出一副輕蔑的臉色又說下去：

「人道主義只是弱者的道德。假如您比我有魄力得多，您支配了我的命運，我沒有辦法弄得你贏，我就只好嚷嚷人道主義了。要是您不來上我的當，簡直不理這個碴兒，那麼我這個漂亮的主義——就一點用處也沒有。我早就看到這一層：所謂人道主義是連半文錢也不值的。」

可是海瞻博士搔了搔頭皮。他說這回嘖哈幫投機投得很好：一般的什麼職工會都把他們當做救星看待。帝國許多名流學者也都同情他們。

「要是我們堅決反對工廠法的修改案，那麼我們的現任內閣也許竟會倒臺……」

大糞王猛的睜大了眼睛：

「非依他們的不可麼！」

這可不免叫人生氣。這簡直是有意跟他大糞王耍滑頭！那個最不值錢的人道——竟有這麼一副魄力來干涉到他大糞王的事業麼？他大糞王就不這麼沒力量，這麼孱頭，竟要在那些渺小的弱蟲面前低頭麼？

他覺得他受了侮辱。他氣喘起來。他眼睛發了紅，衝著海瞻博士瞪了一眼。可是又不知道要怎樣說才可以收篷，挽回他的尊嚴。也不知道要怎樣對付這件事。

「不行！跟他們幹到底！」他這樣想過。然而——要是以後失敗了，非服從新的工廠法不可呢？那麼現在這些就將成了一套空法螺。那麼海膽博士就會把他大糞王當做虎頭蛇尾，甚至會說他是外強中乾，說他是紙老虎。

這一下子他沒有了主意。他瞟了格隆冬一眼，格隆冬偏偏又不開口。於是他對格隆冬都生了氣。

那位海膽博士又重新談到了現任帝國內閣的困難，談到了呼呼幫的處境。

「噴哈幫是想要倒閣。這是很明白的……」

這回又是香噴噴先生出場：他氣急地打斷了海膽博士的話：

「我不管，我不管！我總不能賠本！我從小奮鬥到現在，花了一輩子心血，打了一輩子算盤，為的是什麼呢？我不瞞你說，我是個貧苦出身。我從前是個織機匠。好容易省吃省用，慢慢地自己開了一家織布廠，又慢慢盤成一家紡織公司，好容易才有了肥香公司這樣的規模——我就一下子讓它毀掉哇？我不能吃這個虧，我要跟他拼！」

「呃呃，你平靜一點吧！平靜一點吧！」大糞王說。不過他心裡很高興，因為他正想來兩句硬話讓海膽博士聽聽，又怕以後下不了臺。香噴噴這一番脾氣——

發得正是時候。

大家都極力勸香噴噴息怒。可是香噴噴越來越激昂：

「我跟他拼！我跟他拼！」

就這麼著，把個香太太也驚動了。她聽說她丈夫在書房裡發脾氣，口口聲聲跟什麼人拼命，她趕緊就走了出來。

「什麼事？什麼事？」

她看見她丈夫嘴唇發了白，全身都打顫，她嚇了一大跳。她急於要知道這是怎麼回事。可是香噴噴先生偏偏說不清楚。只是著急地指指海瞻博士，又指指桌上的文件，說得下氣不接上氣。

然而她到底也聽出了兩個字：「賠本……」她立刻知道大事不好了。

「啊上帝！啊上帝！」

賠本？……那可怎麼辦呢。她馬上想到了破產。馬上想到了她女兒的將來。她跟她丈夫倒還可以熬得住那種苦日子，可是他們的玫瑰小姐——可憐這孩子出世以來沒吃過那種苦，她怎麼受得了哇，我的天！於是香太太又馬上想到她女兒沒有糖果吃，沒有雞汁喝，每天只能吃一點普通飯菜：每餐頂多也不過是一葷一素，一盤馬鈴薯牛肉湯，撒上許多胡椒粉……

香太太這就傷心地嚷了起來：

「她怎麼喝得慣這種湯啊……我的上帝！還擱上那麼多胡椒麵兒！」

「什麼？」——香噴噴知道她向來是聯想得很快的，不知道她現在已經想到了哪裡了。

不過香太太又馬上想到她女兒跟大糞王結了婚——沒有錢，造不起房子，只能在街上租兩間房子住住。光線不足，空氣不好，街上的車子又震得叫人難受。

「可憐，唉唉！」香太太掉下了眼淚。「那不震得她耳朵都聾了哇？為什麼要使她這麼吃苦呢？為什麼要使她這樣吃苦呢！我的金鴨上帝！」

大家正摸不著頭腦，忽然有一個女僕奔了過來：

「太太，太太，小姐暈過去了！」

香太太絕望地叫了一聲，幾乎也暈了過去。可是到底女兒要緊，她昏倒不得。她拼命掙持自己，一轉身就往裡面跑，一面不斷地叫著：

「我的寶貝！我的寶貝！」

那位香先生也著了慌，搶著往裡面奔，對客人們連招呼也來不及打一個。

「櫻花！」大糞王皺了皺眉毛，喊住那個女僕。「小姐是怎樣暈過去的？」

「誰知道呢，」那個櫻花答。「大概是聽見老爺太太在這裡嚷嚷的，她受不住了。」

大糞王躊躇了一下，就也進去探問玫瑰小姐去了，一面自言自語說了一句——

「自從世界上有了女人，就有麻煩。」

這裡這位海膽博士覺得很無味。他瞧瞧格隆冬。人家可正盯著窗簾在那裡出神，沉默了好一會兒，海膽博士才搭訕著問：

「香小姐身體不大好麼？」

「唔，常常這樣。」

「香先生似乎也太性急了一點，」海膽博士噓了一口氣。「可是這個問題該怎樣對付呢？嘖哈幫鬧得太起勁了。」

格隆冬不開口。只點了一支紙煙，站起來兩頭踱著。走到了書房的東頭，那裡牆上掛著幾幀玫瑰小姐的照片：全身的，半身的，正面的，側面的，半側的。轉身踱到西頭，迎面就是一大幅玫瑰小姐的半身肖像畫。右邊緊靠一塊石頭，那也是一件藝術品，是玫瑰小姐頭部側面的浮雕。左邊呢，像一棵細樹似的矗立著一座大理石雕的人體，表現出了玫瑰小姐的那張扁平的臉，那副穿著時裝的身軀：毫無表情地站在那裡。

忽然——格隆冬想到了水仙小姐：

「要是她肯畫一幀自畫像，那才真正是藝術品哩。而且是世界上最美的藝術品。」

「格先生，」海膽博士忍不住又要跟格隆冬談談那個大問題。「您的意見跟香先生意見不同吧？」

「您怎麼知道？」格隆冬微笑了一下。

「我聽瓶博士談起過，說您早就有改正工廠法的計畫。」

「唔，我的確有這個意思，」格隆冬站住了。「要是把我的事業弄好，那非改良不可。」

海膽博士帶著幾分敬意地探問他：

「瓶博士告訴我，說您想到了加工錢，減少工作時間。您還想到了童工教育問題。瓶博士說，您主張由帝國政府津貼肥香公司一部分錢來做這些保險費……」

這都是真的。格隆冬點頭承認。他說：

「您知道的，我們公司裡也發生過糾紛。那些做工的似乎心緒很惡劣，動不動就要發脾氣。有一次他們竟把他們穿的木屐扔到了機器裡。一個公司內部有這些情形，那實在糟透了，當然要想辦法改良。他們向我提出要求，要加工錢，要減少工作時間，我就考慮到這些問題。他們的要求很有道理。我呢，我還要更進一步，徹底改良一下，讓他們可以滿意的去做活。」

「唉，要是我們帝國所有的企業家都有您這種精神，那一切事情就好辦了。」

格隆冬彷彿沒有聽見這句話。他只管自己講下去。他說帝國工廠調查委員會發表的報告書——所寫的完全是真的。

「那麼——您看看這個事實好了：他們每天做十幾個鐘頭活，弄得精疲力倦，這還談得上什麼工作效能？女人跟小孩子工錢便宜些，就叫他們去做他們體力所不能勝任的事，那怎麼能做出什麼好活來呀？吃又吃不飽。要是病了，要是出了什麼意外，又沒有錢醫。他們還想到失業的時候，想到老了做不動的時候，都得挨餓。他們當然不願意。他們當然只是不得已才去做活；他們對他們的工作不單是沒有一點興味，並且還對他們的工作生氣。這樣下去，我們帝國工業的前途就不堪設想了。」

那位海膽博士聽了格隆冬的意見，就覺得身上輕鬆了許多。他希望格隆冬去勸勸香噴噴先生，不要使帝國現政府太為難。

「香先生一定會同意您的改良計畫的。」他加一句。

可是格隆冬躊躇了一會：

「不錯，我的改良是一定要實行。這完全是出於我們自願。不過——要是帝國政府定出法律來之後，我們才來改進我們的事業，這就顯得是被動的了。這使得我們不大愉快，老實說。」

「那麼——那麼——」海膽博士搔搔頭皮。

嗨，說得好好的——到底還是講不通！

格隆冬也看出了海膽博士有點窘態，他就抱歉似的解釋了一番。不過還是那幾句老話：

他說如果噴哈幫沒有那樣的提議，肥香公司早就來宣導這種合理的辦法了。大糞王和香噴噴也不是糊塗人：只要把這一層道理說給他們聽，沒有一個不同意的。

「現在可就有點為難，」格隆冬皺著眉毛，看著自己手裡的紙煙。「比如大糞先生——他原可以照這個做的，也知道這麼做是對的。可是您要是憑著權力來強迫他這麼幹，那他偏偏要把這件事擱下，並且要對您的辦法表示反對。這也許是人之常情。」

那位博士明白了。他覺得事情已經好辦的多。只要想個法子——使大糞王他們的改良計畫顯得是自願的。就行了。

於是他跟格隆冬商量了一回，結果倒很圓滿。格隆冬做了一個結論：

「是的，你們盡去跟他們拖。一面輿論上也去跟他們去爭論，一面我就去跟老香、老糞詳細談談，趁帝國國會還對這個議案爭執不下的時候——」

「肥香就自動的來改良，」海膽博士接嘴。「讓大糞王先生與幾位先生來做宣導人。然後我們再來修改工廠法。」

格隆冬笑了起來。

他們走了。海膽博士本想要等香噴噴出來再談一兩句的。可是格隆冬告訴他，香噴噴今晚還有的忙哩。

果然。他們一出門，就發見有幾輛醫生的汽車停到了門口。另外還有車子——正載著護士往香公館飛奔。

香家所有的人都在那裡手忙腳亂。電話筒一直沒有停過：請這個大夫，請那個大夫，把帝都的名醫都請齊了。雖玫瑰小姐早就已經醒了過來，大家可還是弄得通夜沒有睡。

十四

香家的人一連忙了好幾天。雖然木木大夫再三叫香太太放心，說玫瑰小姐已經跟平常一樣了，香太太可總是放不下心。她老是盯著木木大夫問：

「她真的好了麼？」

「真的好了，太太。」
「完全恢復了麼？」
「完全恢復了，太太。」
「的確麼？」
「的確之至，太太。」
「再不會發暈麼？」
「再不會，太太。」
「從今後永遠不會發暈麼？」
這問題大夫可不敢擔保。於是香太太又傷心起來。說不定玫瑰小姐明天又會暈倒。說不定就在今天發生。說不定——馬上！就在這一會兒！她這就慌慌地跑到她女兒面前，不斷地叫著：
「玫瑰！玫瑰！玫瑰！」
她整天守著她心愛的女兒。
香噴噴先生好像在那裡跟她比賽。——看誰愛女兒愛得厲害些。他每天總要抽空回家好幾次。不在家的時候，就老是打電話來問。木木大夫就隨時把小姐的體溫和脈搏告訴他。

他的應酬是很多的，差不多每天都有宴會。可是這幾天他一概謝掉，在家裡陪著女兒。他撫摸著她的腦袋頂，在她那張蒼白臉上吻著。照例還要談些最得意的事給她聽聽。

「我們的新房子快要造好了，孩子你高興麼？你未婚夫的房子叫做『大糞之宮』。我的房子叫做『香噴噴之園』。下月我們就可以搬進去了。」

玫瑰小姐看了父親一眼，似乎也表示高興的樣子。於是他又說：

「你爸爸跟你未婚夫已經把軍火製造廠籌備好了。將來可以賺全世界的錢，我們在大晃島的煤礦事業還要擴充十倍，亮毛爵士的連襟在那裡替我們交涉。我們還要在青鳳國辦一個製鋁廠：青鳳國出產許多鐵礬，可以製鋁的。孩子你看，你爸爸能夠替你賺這麼多錢，你未婚夫也能賺這麼多錢。錢是天地間頂好的東西。」

「孩子你聽見麼？」做母親的插嘴。「爸爸說，錢是天地間頂好的東西。」

玫瑰小姐看了母親一眼，表示也聽見了的樣子。她母親很高興地告訴父親：

「你瞧，她聽見了哩，這孩子！」

香噴噴就又把玫瑰小姐的額頭吻了一下。然後拿起她那雙又白又瘦的小手來，很慈愛地說：

「金鴨上帝使我們生十個手指，就是為的好算帳。從前你爸爸窮苦的時候，一根手指只代表一塊錢。用進用出，也不過十來塊錢。可是金鴨上帝保佑我們，如今可就不是這樣的演算法了。如今呢，你看，」他一根一根地撥著她的細手指，「個，十，百，千，萬，十萬，百萬——十個手指代表十位數：十萬萬！在這大拇指上寫一個『一』字，就有十萬萬。寫個『九』字呢，九十萬萬！」

「孩子你看見你的大拇指麼？」做母親的又插嘴。「一個『九』字——九十萬萬哩！」

「不然，不然，」香噴噴仿佛喝醉了似的，眯著眼睛微笑著。「光只在這大拇指上寫一個『九』字，其餘九個指頭上都寫著零。那我們孩子看不上眼的，不是麼？我要在每個指頭上都寫著『九』字：這是十位數裡最高的數目。」

「啊呀我的心肝！你聽見爸爸說的麼？十位數裡最高的數目！算算看哪：九十九萬九千九百九十九萬九千九百……」

香太太一口氣說不上來，直摟著她女兒叫「寶貝」。

可是香先生又晃了晃腦袋：

「不然，不然。光只是十位數裡最大的數目，我們孩子還不會滿意的。十位數到底只是十位數。為什麼不加到十一位數？只要加一塊錢——」

「那就是一百萬萬！」香太太接口叫了起來。「可是我們孩子怎麼數法呢？她只有十個指頭哇。」

說了就抱著她女兒樂了好一會，連女兒也都微笑了一下。

「不要緊，」做父親的答覆剛才的問題，「還有腳趾頭哩。金鴨上帝使我們有腳趾頭，也是為了好計算這個錢數。」

「可是爸爸還是要替你去賺，孩子，再往下賺，越賺越多……」

「當然，當然，」香噴噴臉色有點莊嚴了，好像在金鴨上帝面前許願似的。「我要使這個十一位數——每一位都寫上『九』字，變成十一位數裡最高的數目。」

「然後再加一塊錢！」這回香太太接嘴接得很快。「上了千萬萬！」

這時候香噴噴把眉毛輕輕一皺，接著又一揚。香太太摸透了他的脾氣：她知道這麼一下子，就是表示他有一番最重要的話要說了，或者是有一篇大道理要發表了。她這就肅然地等他開口。

他果然說了起來：

「所以這一塊錢非常要緊。一加了這一塊錢，這數目就進了一位。」

天地間頂舒服的事——就是這樣的進位。他向來喜歡這套玩意。只要一看到收入的數目，一看到他財產的數目，他就恨不得要在小數點前面加一個圈。只要加一個圈——簡簡單單加這麼一個圈，他就可以想像到錢袋陡然漲大了十倍。

唉，數字就有這麼巧妙！——真虧親愛的金鴨上帝想得出！

香噴噴就又把眉毛一皺一揚，又提起那句說過幾千遍的話：原來他早就發現了宇宙間的這個大祕密：

「要是世界上沒有金錢，就不會有數字。」

他太太立刻回想到早年——記不得是哪一年了，丈夫就對她發表過這個至理名言。那時候的香噴噴先生還沒有現在這麼呆板，倒是很逗趣的。那時候他每晚算了賬之後，就得跟她說：

「只要賬上多了一筆賺頭，我就想得到有一把洋錢丟進了我的錢箱，鏘鋃鋃一陣響，再好聽沒有！」

他們的景況一天一天好起來，他們夫婦間的愛情也就一天一天濃厚起來，她記得有一年結算帳目，淨賺了二十幾萬。做丈夫的一回到家裡，就老是抓著她的手，跟她說著體己話兒。

也就是那一天，他竟發誓說要替她買一面大點的鏡子——只要掛到牆上，你一走過去，端端正正對好它，就可以把你整個臉部都照到——要買這麼大的一面鏡子。這可就不比她向來用著的那面小圓鏡子，一定要拿到手裡移來移去的才照得見面龐的各部分。

當時她就忍不住把他的手捧起來，熱烈地親了一陣，然後做夢似的微笑著，甜蜜地自言自語著：

「啊，有錢可多麼方便哪！——要什麼就可以有什麼！」

不過丈夫倒要校正她一下。不過聲調倒是極其溫柔的：

「噢，那也不能這麼瞎花。金鴨上帝是叫咱們來賺錢，不是叫咱們來花錢的，不是麼？」

那時候玫瑰小姐還沒有出世。生過兩個男孩，都是不到一歲就死掉了。玫瑰小姐真要算是最健壯的。她本來也有一妹一弟，可也留不住。做父親的就在這個僅存的女兒身上拼命花錢，他自己可更加儉省。

從前香太太似乎還有點不大了解丈夫。她不知道他只許賺錢不許花錢——到底是為了什麼。老實說，她實在想要置一件毛大氅。她希望洗臉的時候有一塊檀香肥皂，叫她用得省一點是辦得到的，只要有這麼一塊就滿意了。可是她不敢向丈夫開口。他盡是把錢積起來，堆起來，不肯動用一點點，那麼把錢賺來有什麼用處呢？

有一次她試著轉彎抹角地向他提到了這個問題。

他吃了一驚。他想不透她怎麼會發出這麼個怪問。可是他自己也回答不出。他思索了好一會兒，才說：

「即使金錢沒有一點用處，咱們也還是要賺它，要積聚它。」

自從金鴨上帝替他們留下了一個女兒。自從找出了這個理由之後，他們就一下子把全部人生問題都看了個透亮。所以香噴噴每次在大糞王的客廳裡，或者是在格隆冬的客廳裡——聽見他們談什麼「人生之意義及其價值」之類的問題，他香噴噴總是不搭嘴的：他早就得到這個問題的真諦了。

近來呢，他仿佛為了要把這個真諦更發揮一下，他盼望香太太還替他生一個兒子，金鴨上帝一定不會使他失望。據醫生說，香太太是還能生育的。

他對他太太很嚴肅地說過：

「要是我們還生一個兒子，那我們的財產就非再加倍擴充不可。這麼著我就會更加努力，做買賣做得更起勁，也更有意思。我還需要一個兒子。我鄭重對你宣布：我還需要一個兒子。」

香太太老是把這句話記在心裡。現在她就在肚子裡念著這件事，還想像到這個男孩子已經出了世，已經長到三四歲，常常伸手要他姊姊抱他。不用說，這兩姊弟是非常親愛的。她想到這裡，就又緊緊地摟住了玫瑰小姐的脖子：

「我知道——你很愛他，你很愛他。」

玫瑰小姐瞅了她母親一眼。

「你看，你看！」香太太衝著她丈夫興高采烈地叫。「她瞧我一下。她表示愛他。玫瑰，如今你爸爸這筆家私全都給你。你爸爸還要去賺這麼一筆家私，好給你弟弟。」

剛才香先生一時猜不透太太說到了什麼，現在才聽出了苗頭。他就很認真地點點頭。

「啊，要奮鬥，要奮鬥！」他彷彿自言自語的。「金鴨上帝生出我們來，就是叫我們來奮鬥的。要努力節省，努力擴充買賣……」

他還想要說下去，可是他看見玫瑰小姐的嘴角動了一動，就立刻停了嘴。香太太會意，就打個手勢叫人來把牛肝精給玫瑰小姐吃，然而香先生忽然又想起了一件事：

「還是先叫木木大夫來驗一驗她的體溫。」

「不吧，」香太太商量著。「恐怕她是要吃東西了。」

「不然，不然。我看她是又有點不舒服了。玫瑰，是不是？」

那位小姐看了父親一眼。香太太可著起慌來：

「啊呀，真的是不舒服麼，我的乖？唉，這怎麼辦呢？你到底是不是不舒服，心肝？不吧？是要吃東西吧，呃？……你看，她瞧了我一眼哩：她的確是要吃東西，不是不舒服！嗨，真嚇了我一大跳。」

於是香噴噴很不放心地看著玫瑰小姐服了那些補品，看木木大夫替她把了脈。知道沒有什麼危險了，他才透了一口氣。

就這麼著，玫瑰小姐又養息了幾天，全好了。香噴噴的生活這才恢復如常。不過他總是個操心人。女兒不叫他擔憂，可又有別的事梗在他的心頭：他一想到格隆冬對他談過的公司改良計畫，他就得打個寒噤。

「這個玩意可行麼？不會賠本麼？」

他跟大糞王他們討論過許多次。格隆冬就對他詳詳細細解釋，說這只會使公司有益，不會使公司有害。他聽了想了一會，又向瓶博士問起這個問題。瓶博士就鞠了一個躬，很肯定地回答——

「老闆大人放心。這是個很好的計畫。小的跟格隆冬大人研究過的。」

香噴噴講他們不過。他們的話很有道理。不過他一想到——公司一實行這種改良，馬上就得加一筆大開銷，他心頭總覺得有一點兒痛。

他嘆了一口氣：

「你們的話也許是對的。我同意了吧。只要你們擔保不賠本，我是不固執己見的。賠本我可不幹。上帝叫我們到世界上來做人，總不是叫我們來賠老本的。我要留著家私給我的玫瑰，要是不小心一蝕——唉，那我太對不起金鴨上帝，那我也枉為一世人了。現在我只有一個女兒。要不然我也可大膽冒險一下……」

格隆冬微笑著安慰他：

「放心吧，放心吧。決不會那麼倒楣的。」

十五

這個問題——其實帝國的許多學者早就在那裡討論了。報紙雜誌上登了許多文章，還出版了許多專書。還有許多的座談會，演講會，茶話會，聚餐會，臨時組織起來的專題研究會，都討論這個題目。

格隆冬本來跟海膽博士約好了一個辦法的。格隆冬對大糞王和香噴噴把這件事一講通了之後，就立刻叫瓶博士去請黑龜教授寫一篇文章。瓶博士早就知道了這個計畫，所以用不著老闆大人多費唇舌，他就哈哈腰說：

「是，是，我知道。黑龜教授應當寫一篇文章，來反對噴哈幫的提議，是的，是的。他的文章只要一登出來，就算可以虛擋一陣。老闆大人放心。」

他這回只鞠了一個躬，就立刻退出，立刻趕到帝都大學拜訪黑龜教授去了。

那時候黑龜教授客廳裡正坐著幾個學生。可是黑龜教授自己坐在他的公事房裡，跟一個客人談天。等這個客人走了，才有個聽差到客廳裡來叫：

「請第五號的進去！」

於是客廳裡有一個學生把頭一抬，就挾著一卷講義，踮著腳走到書房裡去。

瓶博士是常客，一直就往裡面走，只聽見黑龜教授對那個挾講義的學生說：「你提出的這個問題——要是簡單地解答，那只要十塊錢。要作詳細的解答呢，要二十塊錢。」

黑龜教授一發見了瓶博士，就稍為點一點頭。瓶博士知道他們正在那裡做生意，他就趕緊退了出來，在客廳裡等著。

那幾個學生正在低聲談天：

「好了。這次就要輪到我了：我是第六號。你呢？」

「我倒楣，來遲了一步：九號。」

他們一看見瓶博士，全都很恭敬地站起來。他們向他問好，還問他最近有沒有什麼著作。

「工廠法問題——博士為什麼不寫幾篇論文？」

「唔，沒有寫。我沒有工夫。」

「博士對這個問題有什麼意見呢？」那個第六號的問。

「嗯，唔，唔。」

「有許多雜誌社都在那裡向專家們徵文，」那個第九號的很得意地插嘴進來，

「書店也有徵文的。我也得到一封徵文信。」

瓶博士稍微點點頭：

「唔，那你不妨寫點文章。」

「只恐怕寫不好，」那個一面說，一面從口袋掏出一封印刷的信來。「我向《宇宙月刊》投過稿，虧那家書店還記得，就向我徵文來了。」

有一個學生小聲兒問是哪一家書店。那第九號的就指指信封——

「舍利書店的。」

他為了要證明他不是吹牛，就雙手把這封信捧給了瓶博士。瓶博士也只好接過來，從頭至尾看了一遍。

原來那家書店要出版一冊討論帝國工廠法的專集，已經發了許多徵文信給專家們。現在又為了提拔後進起見，所以也向無名著作家徵稿，信上還印得詳詳細細：

凡無名作家應徵之稿，每稿請勿超出三千八百一十二字，請勿少於三千八百一十二字（有名作家不在此限）。

凡無名作家應徵之稿，必須恭楷謄清。每面字數，須照本書版式，每面二十一行，每行四十三字（有名作家不在此限）。

凡無名作家應徵之稿，一經登載，即贈送本書一冊為酬。如欲購買本書者，並得打九五折以示優待。其成績最優良之一名，加贈本店五角書券一張，以示獎勵（有名作家不在此限）。

凡無名作家應徵之稿，須用另紙將篇中大意摘由附寄，摘由字數請勿超過四十三字，以免浪費編輯人之時間（有名作家不在此限）。

注意！！！——

稿件一經登載，大名即與諸前輩學者名家同列，何等光榮！何等偉大！幸勿交臂失之。此千載一時之機會也。

其不合用之稿，如欲自費出版者，可委託本店代印，代發行，條件另訂之。

稿紙最好能採用本店出售之丙種稿紙，價錢公道，紙張潔白，頗能喚起編輯人之注意。投稿諸君，幸勿自誤。

那位第六號的也跟著看完了這封徵文信。他皺著眉頭問：

「怎樣才算是無名作家呢？是不是第一次發表文章的就叫做無名作家？」

「不是的，」那位第九號的馬上接嘴，「第一次發表文章的——叫做處女作家，還不應稱做無名作家。博士您說是不是？」

可是瓶博士對這件事一點興味都沒有。他只哼兒哈的敷衍了兩句，就趕緊閉起眼睛來養神了。

可是他還聽見他們盡在抬杠。這個說處女作家就是無名作家。那個說不然，還引經據典地說出了無名作家的定義——

「凡是將兩篇以上的文章印成鉛字，被三千讀者見過的，才是無名作家。」

「這是誰定出來的？你杜造的吧？」

「笑話！我杜造？你去買一本舍利書店出版的《知識青年手冊》來查查看，就知道了。」

「那麼有名作家呢？」

「有名作家麼？——凡在《律呂月刊》《宇宙月刊》等最有權威的刊物中，登載文章十篇以上者，即為有名作家。」

接著他們又談到舍利書店，又談到舍利先生。忽然有人問：

「瓶博士是認識舍利先生的吧？」

瓶博士懶得答嘴，只睜開眼睛一下，點一點頭。可是等到聽見那第九號想請他介紹一篇文章時，他的精神可就一下子振作了起來。

「好，好，」他搓搓手。「唔，你想投稿，不是麼？想要舍利先生取錄你的文章，不是麼？」

正在這時候——那第五號的從黑龜教授公事房裡走了出來。一個聽差就先請瓶博士進去，叫那第六號的等一等。瓶博士可擺擺手：

「我寧可等一等。現在我正有一筆買賣要談。先請這位先生吧。」

於是他把椅子移動一下，就很有耐性地告訴那第九號：

「要是介紹呢，那我就得取一點手續費，自不消說。然而還有一層。要投稿到舍利先生那裡，那就要懂得一個特殊的祕訣。如果你肯出一筆適當的價錢，我就可以把這個祕訣告訴你。最好是你的文章經我看一遍——這當然另算錢。」

他們談了半個多鐘頭，就成了交。買主先付了一半錢，瓶博士開了一張發票給他。瓶博士當時就交一部分貨：告訴他這篇文章該怎樣立論。一面談，一面把收來的鈔票一張張仔細檢驗著，看看花紋，又舉起來對著窗照了一照。

「還有一點。」一瓶博士把錢收到了口袋裡。

「你這篇文章裡要是引到了什麼書名，最好全都引舍利書店出版的書。別家出版的——哪怕就真是一部最有價值的名著，也還是不引用的好。切記切記！」

說了就站起來要走，因為聽差又來請他了。可是他還加了一句：

「你一寫好了就送到我家裡來，每晚九點鐘以後是我的會客時間。」

這才挺了挺胸脯到公事房裡去。

「順便又做了一筆小買賣，」他得意地想，「唔，剛才是用的一副賣主手段，現在呢——可就要把買主手段拿出來了。」

黑龜教授很莊嚴地坐在桌邊，一動也不動，一雙眼睛盯著門口。他雖然已經將近六十歲了，可是身體還很壯，臉色也紅紅的。滿臉的灰黑鬍子，也好像塗過油一樣。

「先生好？」一瓶博士一進門就鞠躬。

「好，」黑龜教授稍為打個手勢請客人坐下，「唔？」

瓶博士知道這位老教授的習慣，這「唔」的一聲就是問他的來意。他這就又鞠一個躬，才筆直地坐下，慢條斯理地談到帝國工廠法的問題，再講到肥香公司要請黑龜教授發表一點言論。

「可以，」黑龜教授打斷了瓶博士的話，「不過為了商業上的神聖的原則，肥香公司應當照價出錢。」

嗯，要談生意了，瓶博士鞠了一個躬：

「是，是。不過總希望能夠稍微減一點。因為先生發表言論，總是在雜誌報紙上發表的，都有稿費……」

「那是另一回事。」

「是，是，」瓶博士哈了哈腰。「不過還有一層。先生也是肥香公司的股東，當然要替自己的公司設想一下。凡是於自己的公司有好處的事——我想先生一定義不容辭……」

黑龜教授又打斷了他：

「那又是一回事。股東儘管是股東，可是股東如果替公司做了什麼事，當然另外要有報酬。至於我每年所得的公司裡的紅利——那你當然知道，那只是我原

先本錢所賺來的錢，不是我自己腦力體力所賺來的錢。現在要用我自己的腦力體力，這是另外一宗買賣。」說到這裡，就拿出一張紙給瓶博士：

「我念，你寫，來開一個估價單。筆墨紙張消耗，每頁五元。腦力消耗，每頁三百元。腕力消耗，每頁二百元。目力消耗，每頁二百元。時間消耗，每頁一百元。咖啡消耗——你知道我寫文章的時候非喝咖啡不可的——每頁三元。構思不順利時，所受心理上的損失，應該由公司負擔損失費，計每頁七百元……」

瓶博士一面寫一面搖頭。那位黑龜教授可還在不住嘴地報著。又是什麼遊戲的快樂被剝奪了，要出損失費。又還開了一大批參考書的價錢。

「唉，好了。」黑龜教授自己也報得不耐煩了，這才透過一口氣來。

那位瓶博士趕快鞠了一個躬。他很知道公司裡應當出一筆報酬，這是不用說的。不過他只希望——

「希望打一個折扣。」

黑龜教授可沉不住氣了：

「你走吧！你去找別人做吧。我再也懶得跟你談了。」

瓶博士很知道黑龜教授的脾氣，再講也不會有用處，反而要把事情弄僵的。

這筆買賣做不做得成——黑龜教授一點也不在乎。他從來不招徠什麼主雇，都是人家自己找上門來請教他的。不過人家既然找上門來，他老先生就不拒絕。原來這位教授做人極其認真，他說過：

「我學的是這一門，吃的是這一行飯，就好像開了一家學術店一樣。人家來買，我當然應當賣給他。這是沒有辦法的事。」

他非常固執：凡事都要合乎商業上的原則，就是麻煩一點也不要緊。所以他現在對瓶博士又發了一通議論：

「難道我是稀罕這幾個錢麼？我實在不想要一文錢。可是不要錢——就違背了商業的原則。權利和義務要分明，工作必須報酬，有買有賣，並且一定要講講生意經：這是現代文化的基本精神，也就是我們帝國立國的精神。要是我的行為與這種精神背道而馳，良心上是說不過去的。」

「是，是。我知道先生的苦衷。」

「我原不妨把價錢開低一點，」黑龜教授站了起來，「可是開低了又違背了價值學說。我不得不這麼開，不得不跟你費唇舌。買賣做不成——那不要緊，我倒省一點力氣。然而不管成不成，我總也得權且談一套生意經。這是為了真理，不得不如此……」

不錯，黑龜教授有許多許多事——都是出於不得已才那麼幹的。瓶博士是他的學生，就很明白這一層。

「他的偉大也就在這裡。」瓶博士心裡知道。「真值得我們學習他。我永遠敬佩他。」

其實黑龜教授是真心真意愛護他的學生的，他只想把他的學問全都傳授給他的學生。可是上課的時候如果過於賣力氣，把所有的東西一絲不留地全講出來，那就得考慮考慮——看這是不是適合於經濟學的原理原則。

「不合！」黑龜教授下了結論。「我所要講授的那些東西，那價值實在還過於鐘點費所能體現的。我不應當在上課時間以內把它賣完。我應當扣住一點兒，等他們課餘來問。」

就這麼著，一些用功的學生就跑到他家去問一些問題。這也非取費不可。要不然——那又會違反了他的真理。

可是黑龜教授心理有點不安：

「這不是太對不起我的學生了麼？這種辦法似乎太不人道了一點。他們太可憐了，叫他們多花這麼多錢。」

可是——唉，沒有辦法。

「要是只求我心之所安，不講這些買賣經，那就違背了我們帝國的立國精神，也就是違反了真理。還是服從真理要緊。」

可是有一個學生向他哀求：

「我有一個問題要問先生。然而我實在出不起錢。請先生特別通融通融吧。」

黑龜教授花很大的工夫去調查了一場，知道這個學生的確很貧寒。他十分同情這個小夥子的苦學精神。他已經打算不取費的來講解那個題目了，不過再考慮一下，又覺得不對。

「比如他到店裡去買東西，店裡難道因為他是個窮漢，就白送給他，不取分文麼？我決不能任意來破壞這個交易原則。唉，我險些兒犯了大錯！」

這一夜——他老是記起那個學生，好久沒有睡著，有時候他跟自己商量著：

「悄悄地喊出來，悄悄地通融一下算了吧？」

「不，不！」他自己又反對。「什麼『悄悄地』？——那就太對不住我的真理了。」

他在床上翻了兩個身，於是又結結實實對自己教訓了一頓：

「慚愧！這成什麼問題呢？那個學生為什麼貧寒？因為他父親只是在一家公司裡當寫字員，薪水很少，很難負擔兒女的教育費。那麼這個當父親的——為什麼不去奮鬥致富呢？可見得他是個劣敗者。那他的兒子學業沒有成就，那是被淘汰的結果，怪不得我。我何必老把這件事掛在心上呢？什麼問題也沒有。好好兒睡覺吧。」

一切都得照規矩做去，決不會有錯兒的。他已經養成了這個習慣。瓶博士雖然是他的得意門生，他也絕不願鬆口。不過他實在談得有點煩躁起來了。

「好，好，」他對瓶博士擺一擺手。「剛才你既然提起那宗交易，我就不得不跟你談判談判，這是我的義務。現在事情已經過去了。你一心去找別人吧。我們再不講了。談點別的閒天讓我散散心吧。」

瓶博士巴不得換一個問題。他一點也不著急，早就打好主意了。他這就問起師母，又談起近來的戲。等到見了黑龜太太，他就說他已經在金蛋大戲院定了一個包廂，請黑龜夫婦去看那新排出來的喜劇。

一到戲院裡，瓶博士趁黑龜教授跟熟人們招呼寒暄的時候，就小聲跟黑龜太太商議著那件事。

「無論如何要請師母跟先生說一說，請他老人家寫那麼一篇文章。我們經理格隆冬先生等著我去回話哩。」

黑龜太太已經四十好幾了，可是還很漂亮。她一面拿出一個香水瓶在身上灑著，一面問瓶博士：

「這件事——你跟他提過沒有？」

「提過。」

「那就好辦，」黑龜太太說得很快。「包你辦得到。我找他做點兒事，那可並不是做買賣，我不是他的買主，我是他的太太，扯不到那一經上去。我叫他怎樣他就怎樣，沒一個不依的。你放心，包在我的身上就是。真是！假如這麼點兒事都辦不成，勸夫會還要選我當常務理事麼？」

說著就格格地笑了起來。

瓶博士鞠了一個躬。

十六

黑龜太太果然辦到了這件事。她對丈夫說過了，一說就靈。她並且還問：

「我求你做這件事——不算突兀吧，親愛的？」

「哦，一點也不突兀，親愛的，」黑龜教授很溫柔地回答。「阿瓶已經跟我提過了。這孩子很乖巧，向來就會走內線。憑他這麼一點聰明，我也得照你的話去辦，算是獎勵他。」

太太媚笑了一下：

「我知道你做起來也是心甘情願的，一點也不勉強，不是麼？你心裡其實很願意幫他的忙，我曉得。」

教授也笑了起來：

「你猜對了。不過他自己一來找我呢，那他就是我的主雇，我當然應該跟他講價錢。其實我知道他會來找你。我也希望他來找你。當時我心裡就說：『你為什麼不找我太太來跟我談？——那就不是一宗買賣了。那你一個錢也可以不花了。』不過我當然沒有說出來。有些學生不知道這個訣竅，只要求我免費替他解釋問題，那真是不聰明了，那真是些劣敗者，活該要被淘汰掉。」

「那的確是些蠢貨，」太太對鏡子抹著口紅，咬起字音來就稍微有點含糊。「怪只怪他們不知道我的本領。他們以為我是跟別的那些太太一樣，勸夫會勸不動的哩。」

可是談到這一層，黑龜教授的意思就不同些：

「那不儘然。其實是他們不知道我的缺點。我心裡想要幫他們的忙，要是沒有幫上他們的忙，我甚至會睡不著覺。這是我的一個大缺點。所以只要他們能夠避開一般交易形式來求我，我都滿心願意地通融的。唉，想想真慚愧，我還是這樣一個舊式人物。」

「舊式人物？」太太抿著嘴笑了一下。

「唔，是的，」丈夫很正經地說了下去，「至於新時代的人物——那就不會有這個缺點。比如阿瓶吧，要是你求他做點事情，那你即使請了他太太去勸說，也還是決不通融的。總之你非照價付錢不可。他沒有什麼人情可講。他心裡也從不會想到要幫人家的忙。他決不會睡不著覺。這樣的人才真正完全是新式人物。他雖也是我的學生，可是他比我強得多了。」

太太想了一想，就說：

「講到做買賣呢，你也許比不上那些新式人物。可是要講到做丈夫呢，那你倒是個頂呱呱的新式人物。假如你是個舊時代的老腐朽——那你還能聽我的話麼？」

那位做丈夫的似乎為得要討他太太喜歡，很快地就把那篇文章寫起來了，沒有問肥香公司要一個錢。

這篇文章一發表了之後，立刻有許多報紙雜誌轉載，立刻有許多人寫文章附和。帝國國會裡也有些議員，就根據黑龜教授這篇文章反對帝國工廠法的修改案：

「我們帝國最有權威的經濟學家——已經看到這修改案的害處了。這修改案是違反『人民自由』和『契約自由』兩大民主原則的。而且一施行起來，帝國的各家公司就多出一筆大開銷，不能跟外國的公司競爭了。再呢，廠主因為法律上有這種種規定，他們滿肚子不願意，就會想法子報復到工人身上。這樣可連工人也沒有什麼好處。總而言之，這完全是破壞帝國利益的自殺政策。」

大糞王看了很高興：

「黑龜教授這篇文章倒著實有點力量哩。」

香噴噴也十分感激黑龜教授。一個錢也沒拿，就出了這副大力。可是格隆冬皺著眉說：

「其實我們應當給他一筆報酬的。」

「是，是，」一瓶博士趕緊走過來鞠一個躬，「老闆大人知道，他本來是向我開了價的。可是我一心一意要替公司省幾個錢，所以就想了這麼一個妙法——一辦就辦到了。不瞞老闆大人說，我這位老師雖然有學問，但其實是老實人。我們公司少他一筆錢，那只怪他自己傻。老闆大人請不必介意。」

然而格隆冬已經決定要送黑龜教授一點禮：他開了一張支票。那位瓶博士看了可大吃一驚：

「老闆大人！老闆大人！啊呀，送這麼大一筆錢給他！他自己開的價，也還沒有這麼大的數目哩。這何必呢，老闆大人！這何必呢！」

這位老闆大人很有禮貌地微笑著：

「博士，我也知道您的難處。我想送去的時候還向他說明一句，說是瓶博士叫我們送的。那麼黑龜教授再也不怪您什麼了。」

「不然，不然，老闆大人！」一瓶博士著急起來。「我並不是怕黑龜教授怪我小器，或是怪我多事。他不會怪我的。我只是為公司可惜這筆錢。這筆錢要是投到生產事業上……」

格隆冬可沒有聽他的。禮物竟送去了。

這麼一來，倒累黑龜教授寫了一封長信給肥香公司，問它這筆錢是定什麼貨的，如果不是為了交換，那他不能白拿人家的貨幣。至於他最近寫出的那篇文章，那可不能看做買賣上的事，要不然——他就太對不住他自己的太太了。

於是格隆冬就把這筆錢捐給帝都大學的黑龜研究室。

「唉，可惜！」瓶博士想。「可惜我已經把我自己整個賣給肥香公司了。否則這筆錢就可以拿來酬勞我這個居間人——反正他們兩方都不要。」

還有一位香噴噴先生——也有點覺得太浪費。不過他不好攔阻。等到看見黑龜教授那篇文章有那麼大的影響，有許多人贊成，也有許多人反駁，他才對格隆冬說：

「不錯，不錯。這並不是一宗賠本生意。」

「唔，」格隆冬點點頭，「現在該由我們來開口了。」

他跟大糞王和香噴噴談了一通之後，就交一疊稿子給保不穿泡——拿到各報上去登。這是用大糞王和香噴噴兩個人的名義，所發表的一篇談話。這裡先把黑龜教授恭維了一場，稱讚他講得對。不過一個當老闆的，總得自己反省一下，看有沒有不人道的地方。一個正直有良心的廠主總得努力去改善那些職工的生活。因此肥香公司就公布了一個改良計畫。

各報紙立刻登了出來。跟肥香公司有關係的那些報紙是不用說了，當然把它登在要聞欄裡，標題字特別來得大。就是那些跟肥香公司沒有關係的報紙，就是噴哈幫的機關報，甚至於就是「山兔宗」辦的《好人日報》——也都極其重視這篇談話。

大糞王和香噴噴的照片也常常在報紙上出現。他倆的傳記、軼事、照片，在一般刊物上佔了許多篇幅。還有幾百篇文章評論他倆，說他倆是人道的象徵，是現代的救世主。

一直到好多年以後，金鴨歷史教科書上，一提到帝國工廠法的修改經過，總還是這麼寫著：

「先是，有諢名大糞王及香噴噴者，力為宣導。帝國輿論界，翕然從之。帝國國會遂通過修改法案，並組織各種調查委員會，作具體討論，乃有第一次之修改。其後又修改二次，方有最完善之現行帝國工廠法。」

那個時候——大糞王和香噴噴可忙極了。每天都要接見許多新聞記者。每天還要跟格隆冬和瓶博士商量，看哪些問題該怎樣答覆那些訪問的人。

有一位新進詩人，叫做秀草先生的，寫了一首六千行的敘事詩，題目就叫做《大糞香》，因此出了名。舍利書店新出的第九版《文學辭典》上，竟把他的名字列進去了。於是他由剝蝦太太的介紹，認識了大糞王和香噴噴。

還有一位優生學家，也天天去找大糞王和香噴噴。詳詳細細問起他們的祖父，曾祖父。因為他正著手他的博士論文，叫做《天才企業家與其祖先》。

幸虧大糞王和香噴噴兩家已經搬到新屋子裡去了，那裡有好幾間寬大的客廳，客人多了不至於擁擠。大糞王高興得很，索性把那些高貴客人請來，舉行一個大宴會。

「呃，算了吧，阿糞，」香噴噴有點不以為然，「同這幫雜七雜八的人來往，實在沒有什麼好處。他們不過是想揩你的油，想要你寫什麼捐款就是了。」

可是大糞王也有大糞王的理由：

「寫捐就寫捐吧。這也不是白花的。」

「怎麼，難道還有賺頭麼？」

「唔，」大糞王愛笑不笑地抿了抿嘴。「有精神上的賺頭。我們的錢一花到哪裡，我們的勢力也就達到了哪裡。」

香噴噴知道自己的勸告沒有用，就嘆了一口氣。只好自言自語地說幾句：

「勢力？——這究竟是個什麼樣子？敲起來沒有聲音，看起來沒有顏色，摸起來沒有軟硬。倒拿實實在在的金錢去換這種空空洞洞的東西！」

看見大糞王正興沖沖地在那裡跟格隆冬他們談著——這次該請哪些客，香噴噴簡直不忍看，就悄悄地走開了。

「你看看這個名單看，保不穿泡，」大糞王沒有理會香噴噴，只顧說自己的，「你看還有要加的沒有？」

「這裡還少幾位最重要的一幫客人哩。」保不穿泡指指這張單子，「磁石太太不是說過的麼——現在老聖人那幫人，倒對咱們有點好感了。咱們正好趁此機會跟他們做做朋友。」

「行！加進去！」

接著大糞王又對格隆冬笑著：

「至於女客——水仙小姐當然是第一個要緊的。」

他還打定主意，要請那幾位熟客特別早點來，到大糞王之宮來玩一整天，可以多些時候談談玩玩。

那天一早——這在大糞王說來是極早的，不過九點鐘——瓶博士就奉令坐著馬車去接黑龜夫婦來了。

「阿瓶，他這次請客，有沒有什麼買賣要談？」黑龜教授問。

「沒有。只是普通應酬。」

「那好。那我也不必準備，放放心心去玩就是了。」

黑龜太太一聽說今天大糞王請的客很多，都是些體面人，她在梳洗方面就多花了點兒工夫。他們上車出發的時候，鐘正敲了十下。

半小時之後，車子駛到了帝都的東郊，過了金鴨河的大橋。河面上泊著幾艘很好看的遊船，這也是大糞王的。前面一片樹林裡，聳出了幾座大樓的屋頂，那就是大糞王之宮和香噴噴之園了。

於是駛進大門，彎彎曲曲穿過那個大花園，就在一座羅馬式的建築物門口停下來。

大糞王很高興地迎著他們，說有好幾位老朋友已經早就來了。可是——

「還是先到各處看看吧，好不好？」

主人就親自領著黑龜夫婦遊這裡，遊那裡，非常得意。

先看了看各座房子的外表。黑龜教授抬起了頭來，這才發現這座羅馬式建築物的兩邊——忽然聳出兩個又高又尖的高樓，好像兩個尖腦頂的怪物，瞪著一對小眼睛。

「這是仿峨特式造的，」大糞王介紹著。

再往裡面走一步，就望見當中有一座紅牆黃瓦的極莊嚴的中國式宮殿，門口直豎著一雙白大理石的如意。這裡的屋子都是兩邊對稱的，配著這宮殿兩翼的，是一面一座現代的普通西式洋房：建得小巧玲瓏。不過每幢洋房中央各有一座針鑽子似的圓塔，雕著幾個金色的巳里文字。

瓶博士指給黑龜太太看：

「這是印度式的浮屠。」

「那裡是金字塔！」大糞王忽然嚷了起來。

客人們一望，果然看見前面那一行剪得嶄齊的聖誕樹後面——有一個方尖頂的建築物，是一塊一塊粗糙的方石堆成的。

「真正像得很，」黑龜太太讚嘆著，「這塔裡面呢？」

「裡面有個地下室。」

黑龜太太為了好奇，一定要進去看一看。她跟大家一鑽進那裡的地道，她忽然有一種神祕的感覺。這地道很高很大，大概可以並排走五十個人。光線不大好，更顯得陰森森的。

「這裡面一定有木乃伊吧？」她想。

她記起她看過一部誰的小說，寫埃及有什麼三千年的女屍，忽然復活了。現在她覺得她自己正是在幾千年以前的一個世界裡——又野蠻，又有趣，又有點害怕。

一跨進地下室，她真的吃了一大驚。她連眼都花了。這裡的確有些神祕的東西，東一個西一個地站在那裡。有的很大，有的較小。簡直叫不出名目來。

「啊，」她定睛一看，才叫了出來，「這許多機器！」

大糞王很得意地接嘴：

「是的，這都是我們肥香公司的最新式機器的模型。」

他發見那邊角落裡有幾個人在那裡，他立刻指指其中一位高個兒：

「那位就是我們帝國的大科學家大發明家科光博士。讓我來介紹一下吧。」

三分鐘之後，主人又領著客人走出來，去看一座古希臘式的殿堂。不過那座殿堂總顯得有點可憐巴巴的樣子，因為它隔壁有一座現代工廠式的建築，是一座七層樓的大廈，好像一隻偉大的方盒子，很驕傲地站在那裡。據瓶博士說，那座大廈的頂上一層還有古代巴比倫式的屋頂花園。

「那屋頂花園一定布置得很美麗吧？」黑龜太太問。

「很美麗，」一瓶博士說，「布置了一個小規模的鴨鬥場。」

然而黑龜教授已經走累了，肚子也有點餓。於是大糞王邀請客人去吃點東西。他們就又跟著他回到那個光頭頂似的羅馬式廳子裡去。

「先生覺得這些房子怎麼樣？」一瓶博士與黑龜教授並排走著。

「哦，我是不懂建築藝術的。我只覺得很熱鬧。」

他太太被大糞王挽著膀走在前面，這時候她就插進來：

「這麼看一趟，就好像旅行到了許多地方一樣。」

「還同時看見了許多時代哩！」一瓶博士接嘴。

大糞王就告訴他們，這都是由幾位偉大的建築師設計的。

「他們那幾位都煞費了苦心哩。他們要使這整個大糞之宮的建築，能夠表現出我們金鴨帝國的文化精神。這真是他們的傑作，許多大藝術家看了都讚美，說那種精神的確已經充分表現出來了。」

「屋內的陳設也是如此。」一瓶博士補充了一句，「就說藝術品吧，也是很熱鬧的。」

黑龜教授聽了這句話，可忽然想起一件事來。他記得最近報上刊載了一條很動人的新聞，說全世界著名的那座所謂「不可知的愛神雕像」，已經運到金鴨帝國來了。這是黃獅國一位銀行家出了重價買來，送給大糞王的。

一問起這個，大糞王立刻就說：

「是的是的。現在正陳列在我的羅馬廳裡，馬上就可看到的。」說著，不知不覺把腳步加快了一點。

「其實並不是那位銀行家買來的，」大糞王忍不住又要談起這個。「這本來是黃獅國一位爵爺的家藏寶，許多博物院向他買，他總捨不得賣。這回他破了產，這座雕像才歸了那位銀行家，那位銀行家又送給了我。這真是一件最名貴的藝術品。以往——每年總有許多外國的藝術家到黃獅國去，設法去看一看這座雕像。還有許多專門著作討論它的。」

不錯，帝都大學有一位設美學講座的外國教授，就有專題討論到這件藝術品，但作者是誰，還是「不可知的」。雖然有種種推斷，考據，可總不能確定。只能斷定它是文藝復興時期的作品罷了：這倒是大家公認的。

「我只見過這座雕像的照片，」黑龜教授說，「是我的大兒子從黃獅國寄回來的。」

可是黑龜太太想起了另外一件事：

「黃獅國真也奇怪——它竟肯讓這麼一個稀世寶流到我們帝國來。」

「然而這件藝術品是屬於那位銀行家私人的呀，太太，」大糞王很耐煩地告訴她，「不過這位銀行家的名字，暫時還不能公布，他同我有買賣來往。他有要靠我的地方，於是他就送我這個禮物。好在他得來的很便宜。太太，要是照您的話，那麼他就該把這件名貴東西留在黃獅國，或是讓給黃獅國的什麼博物院了，是不是？可是那於他又有什麼好處呢？」

原來黑龜太太是有個國家觀念在她心裡。她認為一個國裡有這麼一件了不起的藝術品，那就是這一國的光榮，這一國的人應當好好地保護它。她嚴肅地說：

「要是我做了黃獅國『政府』，那我就得禁止那個銀行家做這種丟臉的事。大糞先生，現在這座雕像已經歸了你了，已經歸了我們金鴨族了，全世界的人都很眼紅哩。要是您再把它隨隨便便流到外國人手裡去，那——大糞先生，我老實說，我們都不准許的。」

這時候她丈夫可忍不住要開口了，不過說得很溫柔：

「親愛的，你錯了。每個人都有處置自己財產的絕對自由。買賣也是絕對自由的。您想要加以干涉，那完全是一種舊時代的想法。」

那位黑龜太太最恨的是人家講她腦筋舊，她不免有點憤怒起來：

「舊時代的想法？這樣為國家的光榮著想，難道你可以說這是舊式的麼？舊式人物難道有什麼國家觀念麼，我問你？如今我們金鴨人個個都愛國，連小學生都知道愛國，這難道不是個新潮流麼，我問你？」

「師母，師母。」一瓶博士想要做和事佬，可是又給師母打斷了。

「我們希望世界上所有的好東西都歸我們帝國，我們帝國已經有了的寶物不讓外國得去——這種愛國精神能不能說它是『舊時代的想法』？能不能，你說？」

瓶博士等她住了嘴，這才重新開口：

「您講的很對。這種愛國精神的確是新時代的東西。不過先生也沒有講錯：個人的財產可以自由處理，買賣可以自由——這也的確是新時代的……」

「可是我要請你解釋解釋。假如大糞先生把這件稀世藝術品賣給外國人了，我們能袖手旁觀麼？我們誰都看不過。然而我們又要提倡自由買賣：你們說這是新潮流，是極合理的，是不是？」

「是的。」瓶博士應了一聲。

「那麼，」黑龜太太把聲音提高了點兒，「那麼這一種新潮流——在這裡就跟愛國精神衝突了。你怎麼解釋呢？你能說愛國精神是不合理的麼？」

瓶博士不言語。黑龜教授也沒有開口。大糞王也不插嘴。似乎他們是為了禮貌起見，不打算同一位太太抬杠。

只是大糞王在肚子裡回答著：

「我要怎樣就怎樣。天地萬物是為我而設的：我都可以自由處理。什麼合理不合理！——廢話！」

好在他們已經走進了廳子。客人們一下子就忘記了剛才的辯論，只是提著神要來見識見識這轟動世界，討論了兩三百年的「不可知的愛神雕像」。一想到自己就可以親眼見到這藝術品的原作，他們興奮得心跳個不住。

他們簡直沒有注意到廳上還有別的人。黑龜太太竟好像是個虔誠的香客到了聖地一樣。一方面他還有點驕傲。現在這個無價的寶物確實是在金鴨帝國的國土裡！她身為金鴨人，她就配飽享這個眼福，她彷彿看見全世界的人都眼巴巴地向這裡望著，好幾百萬藝術家從世界各處奔來——只要欣賞了一次，就不枉為一世人了。

「這裡！」大糞王叫。

黑龜教授就很莊嚴地望過去——這就是那座雕像原作！他平常就極珍愛這雕像的幾幀照片。他聽帝都大學那位外國美學教授跟他談過這作品之後，他對它很有興趣，他記起了那位教授的一些話：

「我特為到黃獅國去旅行一趟，看見了那原作，我簡直吃了一驚，想不到人間為什麼竟有這樣的創造物！你決不會覺得這是冰冷的白大理石雕成的，你倒會感到她是活的，有人體的溫暖。她的確有靈魂！她的美——真不可言說。但她比古希臘的雕像更接近我，更具人間性。她有近代美，有人間的美。然而事實上在

肥香公司
的出品
亦有如此之
精美

人間是找不到這麼美的。我真想不透作者找了一個什麼模特兒。也許同時有幾千幾萬的模特兒，把所有的美點湊在她身上的吧。所以她的美，在人間找不出，但又是屬於人間的。這樣的藝術品是怎樣創造出來的，真也是『不可知』的哩。」

「啊！」——這時候黑龜教授聽見他太太低叫了一聲。

這就是那座雕像！有真人那麼高。雪白的大理石的。全身發著柔和的光。

在這雕像的胸部——有新刻上的兩行大字，又粗又黑，非常觸目：

肥香公司的出品

亦有如此之精美

十七

這天黑龜夫婦在大糞之宮遇見了許多人，也有見過的，也有沒有見過的。可是黑龜太太一看見水仙小姐，她幾乎吃了一驚：

「這位小姐是誰？」

「她真美，是不是？」大糞王問。

「不一定是美，」她一面目不轉睛地看著，一面在那裡推敲字句，「她仿佛有一種力量，叫你不由得去注意她。……她的眼睛真亮。牙齒也那麼亮。她仿佛非常——她仿佛非常——非常明朗……要是她在裝飾方面注意一點，那她就真美了。」

不但是黑龜太太，就是所有客人——一眼望見那一大群男男女女，可總不知不覺的會頭一個注意到水仙小姐。要是偶然瞥見她一下，總忍不住要看她第二眼。

剝蝦太太對吹不破先生這麼談過她：

「她哪一點美——哦，我說不出。不過她只要一走進這間屋子，這間屋子似乎陡然亮了一下。哦，真的是！」

許多人也都有這個同感。並且你只要盯著水仙小姐看了一會兒，再去看旁的人，你就覺得旁的人似乎總有點面目不清楚，總有點朦裡朦朧的樣子。

從這次以後，黑龜教授就像一般男子一樣，常常談起水仙小姐。他太太也像一般太太們一樣，聽了一點不多心。因為那位水仙小姐正缺少了一點兒金鴨人所喜歡的東西：她沒有什麼女性的媚態，沒有什麼愛嬌。老爺們談論談論她，其實不過也如談論談論一本書或是一齣戲似的罷了，沒有把她當作一個「女人」。

那位水仙小姐可一點也沒有想到她自己被那麼多人注意。她只隨隨便便跟人家打了招呼，應酬了一兩句，就仍舊挨著土生坐下來。她正在跟這位老先生談著閒天。這位老先生時不時發出大笑。

「你們兩位在這裡談什麼有趣的故事？」瓶博士微笑著問。

土生抹抹眼睛說：

「她講她一個熟人——是一位藝術家，死要錢。可笑極了。」

瓶博士對這類題目可沒有興趣，就引著黑龜夫婦看屋頂花園去了。水仙盯著他們的背影。他們在半路上忽然回頭看她一眼，她就像發見什麼好玩的東西似的微笑了一下。

「嗜，你剛才講的那號人——真真是不可交的，」土生很認真地評論著。「這樣的人怎麼也能夠做藝術家呢？」

「這樣的藝術家也不少哩。」

「你同他們是合不來的，我知道。我起先以為——以為——」土生望著前面，仿佛心不在焉似的。「呃，咱們到河邊走走吧。」

土生身體已經養好了。臉色又紅又黑，只是又添了許多皺紋。他拄著手杖站起來，讓水仙挽著他的膀子，往前面踱過去。他又接著說：

「我看你跟這裡這些客人談不來，我以為你只有跟你同行的才談得上哩。」

「那為什麼呢？」水仙邊走邊踢著地上的沙石。「談得來就談得來，談不來就談不來，管他是哪一行呢。」

那位老年人忽然嘆了一口氣：

「我要是有你這麼一個女兒就好了。我真羨慕你父親：金鴨上帝賜這麼一個孩子給他。」

至於土生他自己呢，一個親生兒子老待在青鳳國，還討了青鳳國太太，大概一輩子也不想回來了。只有格隆冬體貼他，盡力使他安心、快活，可是他總覺得——格隆冬只有一半是屬於他，那一半可屬於另外一個世界的人：那些人都跟他土生合不來的。

自從他在海濱別墅裡認識了這個女孩子之後，這一老一小就談得非常投機。她覺得她頂能了解他。他什麼都對她談。她常常去看他。格隆冬特別在自己屋子裡替她布置了一間畫室，她這就有時住在他家裡，有時住在她父親那裡，土生只要一離開她，就感到他生活裡失去一件什麼應有的東西。

「唉，我就是少了一個女兒，少了一個女兒。」

水仙向他微笑著。

「我說的是真話，」他似乎有點傷感的樣子。「我對你講過的，我簡直是個孤老——我真要一個女兒。」

「那你撫了我就是，」她還是微笑著。「可是我只怕你這個爸爸又是把我扣在本國，不許我出門一步。」

他停了步子：

「什麼？你又想要出國麼？」

「你覺得這裡叫人氣悶麼？到處都叫人氣悶。」

「那麼——那麼——」土生搔著頭皮，「你還要回到外國去學畫麼？」

「我沒有想回到那裡去。那裡一樣的也叫人氣悶，哪一國都差不多。我只想——我常常是這麼想的——到一個沒開化的地方去，那裡都是土人……」

老年人眯著眼睛笑起來：

「你真是個小孩子！」

「怎麼呢？」她張大了眼睛，「我不是開玩笑，真的，您要是做了我的爸爸，您就得同我到那些地方去。」

「土人都很野蠻，咱們爺兒倆都會給他們生吃掉哩。」

「笑話！他們全都吃人麼？他們比我們善良得多哩。你要是對他們沒有什麼惡意，他們就待你跟一家人一樣。」

她仰起頭來，抹開那幾根吹到額上的頭髮。她望著遠處流動著的白雲，又往下說：

「我們住在那裡，跟他們一塊兒打打獵，捉捉魚，種種地。誰也用不著裝腔作勢，用不著苦想些詞兒來跟人寒喧。吃飽了大家就一起來跳個舞，唱個歌。我還帶畫具去，畫畫那些從來沒有見過的奇幻景色。」

「好，好。咱們明天就動身，」他說著哈哈大笑起來。「可是在那裡玩些時候就得走。久住可不幹。你也耐不住的。」

「我麼，我可以在那裡久住。住一輩子都行。」

「那不行，那不行，孩子，」土生一半正經一半開玩笑似的說，「咱們要是在那裡住一輩子，我可就找不到一個女婿了。你難道能夠愛上一個土人麼？」

「我想我能夠。」她微笑著。

於是土生又打起哈哈來。

這時候看見亮毛爵士跟保不穿泡正迎面走過來，土生就嚷：

「爵爺你看，您有這麼一個女兒，您可看得不在乎，倒是讓我帶著她。給了我吧。」

亮毛爵士笑著鞠了一個躬：

「要是您不嫌棄……」

「爸爸您一點也不吃醋麼？」水仙岔嘴。

「這是為了你的幸福著想哩，孩子，」亮毛含著深意似的瞅了土生一眼，「土生舅舅做你的爸爸，可比我好多了。」

「好，那就一言為定！」土生快活地叫。「保不穿泡先生，你是見證。來吧，我的女兒，攙我到那邊去坐坐。」

水仙真的就攙著土生又往前走，一面說：

「您倒像那種暴發戶了，才做了爸爸就這麼擺譜！」

亮毛爵士看著他們走去，就笑著說那一老一小都是小孩子。可是保不穿泡出了一會神：

「要是水仙小姐真的成了他們家裡一分子——那真是極好的事哩。」

「怎麼呢？」亮毛爵士分明知道保不穿泡談的是怎麼回事。可是猛然一提他們，倒有點窘似的。

「您不知道麼？——格隆冬真愛她，簡直到了崇拜她的地步了。」

格隆冬常常跟保不穿泡這樣的老朋友談起水仙小姐。什麼瑣碎事情他都記得清清楚楚，講得非常有興味。聲音總有點打顫。要是別人提起她的時候，只要態度上稍為輕率一點——他就得對那個人發脾氣。

「我看他真可憐，」保不穿泡擔憂似的皺著眉毛。「他愛她，可是他又不敢對她表示。他怕水仙小姐看他不起。他自己也說他配不上她。」

亮毛爵士嘆了一聲：

「唉，這孩子真不懂事，其實她很喜歡格隆冬先生，常常跟我談起他。您不知道這孩子的性情古怪，世界上就數不出幾個人是她喜歡的。我老是擔著心，怕她一輩子也不會有一個愛人。我近來看見她跟格隆冬——我想這倒是很配得來的一對。他倆要是能夠結婚，我就最放心了。可是——可是我不能談這個問題。我只要一提，她就得說許多難聽的話。」

說了就聳一聳肩膀。

「那麼她不會愛格隆冬了？」保不穿泡問。

「我看那倒也不至於。她只是小孩子，還沒有想到婚姻問題上面去。要是格隆冬先生正式向她提起，我想——我想——倒也不會弄僵的。」

這兩位紳士一面在草地上來回踱著，一面談著。保不穿泡怪格隆冬太沒有勇氣，為什麼還不敢向她求婚。可是亮毛爵士忽然有點放心不下：

「不見得是不敢吧？他大概是嫌女家窮，他想要娶個有錢的吧？」

「絕對不是！」保不穿泡著力地說。「您不知道——格隆冬對於戀愛一道，那簡直古板得可笑，一點現代精神也沒有。他心心念念要追求什麼『真愛的』『真愛的』。要是他做了大糞王，那他就是破了產也不肯跟玫瑰小姐訂婚的。像他這樣的地位，找個太太還不容易麼？可是他呆氣。他硬是不敢向水仙小姐開口，決不是不願意。您的小姐簡直是他的上帝哩。他太崇拜她了：向她求婚好像是怕瀆了神……」

兩個人都笑了起來。亮毛爵士點起一支紙煙，很懇切地談了起來：

「唔，是的。我雖然沒有什麼了不起的嫁妝可以打發，可是這孩子倒是個好孩子。她當然有她的缺點，說不上有什麼女性美。但她究竟還長得不討厭，倒也沒有什麼大醜處。她那樣子——並不是我這個做父親的誇自己孩子，她那樣子可也還討人喜歡，是不是？況且我只有這麼一個女兒，她是我唯一的繼承人：只要鴨神陛下一批准，我的女婿就可以襲到我的爵位的。」

沉默了一會兒，亮毛爵士忽然想到了一個好主意：

「呃，我們跟格隆冬先生談一談好不好？我們對他保證，大家都幫他的忙……」

「不行不行！」保不穿泡連忙搖手。「我們也替他想過法子，可是他聽都懶得聽，他只說『真的戀愛用不著這些圈套』！——他說這是圈套！」

「唉，他真會要自誤了！」

「就是我們今天談的這些——最好也不要向他提起。」保不穿泡把聲音稍微放低了點兒，「我只是替他擔心，就忍不住要跟您談到，他近來簡直有點神魂顛倒了。我們大家怕他誤了正事。」

那位爵士幾乎要跳起來。什麼！那個人竟有點神魂顛倒麼？真的？

不過他嘴裡只嘆一口氣：

「唉，他真會要自誤了！」

「岔兒倒也沒出過什麼岔兒，可是他近來總有點變態，」保不穿泡停了腳步。「你看，這回大凫島的煤礦問題，他似乎就沒有把它擺在心上。令戚貝殼兒先生今天拍來的電報，這麼一件嚴重事情，格隆冬好像竟也不大介意似的。」

貝殼兒先生是亮毛爵士的連襟，由五色子爵的介紹，就在大凫島替肥香公司辦一點事。肥香公司在那裡已經辦了一個煤礦公司，現在想要擴大，就看中了那裡的一區焦煤藏量豐富的地帶，於是委託貝殼兒去交涉，因為他跟那裡幾個極有勢力的王公是很要好的。

可是他沒有辦成功。據說有別的國家在那裡作梗。

亮毛爵士一聽見保不穿泡提起這件事，他馬上就湧出了一股子氣憤來：

「大凫島人都該殺！他們全不識抬舉，全都是禽獸！」

「這當然不是一個小問題，」保不穿泡說。「我們的鋼鐵生意要是想在世界上出一出頭，要跟大鷹那幾國競爭，就必得把這個產煤區弄到手。可是我看格隆冬接到電報的時候，彷彿不怎麼在乎的樣子。」

「唉，他總要趕快安心才好。老這麼神魂顛倒下去——那可不是玩的。」說著，他倆又慢慢踱向河邊。於是就見水仙赤著腳在淺水裡走著，彎著腰在拾什麼東西。土生則坐在欄杆邊的椅子上，對她直嚷：

「小心著了涼！」

「這塊石頭真好看！」水仙揚起她水漉漉的手。

「上來吧，上來吧，」土生叫，「我悶得慌。來講個故事給我聽！」

十八

「保不穿泡先生，」有一個穿著燕尾服的聽差找到這裡來了，「格隆冬先生請您到大廈裡去。」

保不穿泡這就匆匆忙忙走開了。一個鐘頭之後他才從一間屋子裡出來，在廊子上又遇見了亮毛爵士。亮毛爵士是特為等在那裡——聽聽有什麼消息的。

「什麼事?」他急切地問。

然而保不穿泡正忙著要出去,只簡簡單單談了幾句。

「大凫島礦區問題——格隆冬並不是沒有擺在心上。我們剛才看錯了。」

現在可商量好了辦法,格隆冬已經回了個密電給貝殼兒,請他一面交涉,一面叫駐在礦山裡的帝國軍隊武裝開到礦區裡去。在這裡呢,還請求帝國政府加派軍艦去「保僑」,以防萬一。格隆冬說得很堅決:

「我們決不能放棄這個礦區!」

大糞王也很憤怒:

「那些大凫島人竟敢這樣!大凫島應當整個都屬於我們,決不讓別人來插足!叫他們看看我們的權力!」

「一堆黑漆漆的煤——就是一堆白花花的錢呀,」香噴噴也尖聲叫起來,可是他怕玫瑰小姐萬一聽見了這嚷嚷的聲音又會暈過去,馬上又把嗓子壓低了。「這麼大一筆財產,怎麼也得弄過來!」

還有呢,格隆冬又準備了一個第二步。他還打了個密電給駐大凫島的金鴨通訊社,叫他們立刻發專電,說大凫島看不起金鴨人,說金鴨僑民在那裡生命財產都沒有保障，以及諸如此類的消息。叫他們把這些事擴大。一方面還請保不穿泡去跟幾家報館接頭，叫他們一得到這些電訊，就把它看嚴重些，還寫社論來談它。

「這樣就可以刺激起全國人的憤怒來。」保不穿泡告訴亮毛爵士。「事情一弄僵——那就準備作戰……」

亮毛爵士聳了聳肩膀：

「作戰？——那就把大鳧島的野蠻人太看重了。」

「並不是跟大鳧島人作戰。這裡有別國在玩花樣。……今晚宴會上也得演出一幕刺激人心的戲哩，您也看機會打打氣吧。」

保不穿泡一說到這裡，就揚了揚手，跑下去坐上了馬車。

忽然亮毛爵士覺得有點掃興：那麼，格隆冬一點也沒有神魂顛倒……他想在宴會上注意一下格隆冬對水仙的表情，可是水仙偏偏要拖著土生去看黃獅國新來的什麼傀儡戲，沒在這裡坐席。

這次宴會可真熱鬧。碰來碰去盡是帝國第一流的名人。有世界知名的學者，詩人，藝術家。有貴族，有將軍，有大政客。有名媛。有大企業家。這大廳上每個人的一句話，一個手勢，都會使全帝國人注意的。

大糞王本來請了老聖人，可是老聖人身體有點不好過，沒有來。只是小聖人跟《好人日報》的主筆至善先生光臨。那位小聖人是一個大學生，大概二十多歲，一進來就把一雙眼睛在太太小姐堆裡轉來轉去。人家一向他問候他父親，他立刻就像小學生被嚴厲的先生考問住了似的不知所措了：

「哦，家父——唵，有點頭痛。」

等到有第二個人問他，他又說他父親腳上不舒服，恐怕是長了雞眼。說了就想要脫身，可是又有人走過來很關心地問：

「令尊怎麼沒有來？」

「什麼？哦，家父麼——他老人家有點小毛病，正害著肋膜炎。」

「啊呀，竹川老先生害了肋膜炎！」——竹川是老聖人的姓。

小聖人知道自己講的不大對，就趕緊聲明：

「嗐，也許是這樣。……說不定並不叫做肋膜炎。總而言之，是一種什麼炎，或者是長了雞眼就是了。再不然就是什麼阿米巴……我不是醫生，不大清楚。」

這就拖著至善先生走開去。可是至善先生又喜歡講幾句。他向來自稱是老聖人的學生，口口聲聲稱老聖人做「竹川師」。

「是的，竹川師有點不好過。竹川師真有點太忙了：又要著書，又要看人家的著作。我的著作就都經他老人家看過。我無論寫一篇什麼，要是不經我們竹川師看過，那我是不敢發表的。他老人家一看我的文章，就總是流眼淚，說『這篇文章真感動了我，我從來沒有看過這樣令人感動的文章過』。等到發表了幾天之後，竹川師又找我去，說我的文章已經被好幾國譯過去了，他們都說這一定是一個大哲學家寫的。我們竹川師越說越高興，就留我在那裡吃飯，什麼話都對我談……」

接著他又告訴人家，他的竹川師雖然在名義上是《好人日報》的社長，可是什麼事都由他至善先生做主，他的竹川師是完全信任他的。

正講的起勁，那位吹不破先生走過來了，悄悄地拉了他的袖子。於是他提早收束了他的話。

「來吧，」吹不破小聲兒說，「我替你們介紹一位極有意思的女人。」

小聖人趕緊搶一步上去：

「漂亮麼？」

「當然。而且還十分妖冶，她是一位伯爵夫人。」

那位吹不破先生是最近才在磁石太太那裡認識了小聖人和至善先生，只談了一次，他們彼此就非常親密了。小聖人尤其喜歡這個新朋。平常總是至善先生做他的嚮導，帶著他到各處去玩——這在至善先生叫做「實際考察」。可是總只有那幾個老地方，實有點「考察」得膩煩了。而這新交的吹不破先生就答允帶他們去逛一些新地方。

於是小聖人現在就追著問他：

「你說要領我們去嘗嘗新的呢？」

「不要著急，不要著急，」吹不破滿不在乎地拖長著聲音，「地方多的很——今夜要去就可以去……」

「哪裡？哪裡？」

「比如金鴨大道六十九號——你去過麼？」

至善先生馬上接嘴：

「唔，那是個普通妓院！」

「普通？」吹不破不服氣了，「連大糞王都去逛過，那次紅牛國王子來了，也光顧了那個地方。這是全帝國首屈一指的，並且還有國際地位哩。你們要是嫌不好，那就是全世界再也找不出好逛的來了。你們能說一所比得上它的麼？它資本雄厚，設備完全，貨真價實，童叟無欺——再也找不出第二家！要是我帶你們去，還可特別優待，照碼打個九五折。」

小聖人正要答嘴，忽然對面來了一位太太擋住了去路：

「哦，吹不破先生！你知香太太在哪裡麼？哦，小聖人！您也來了。您好麼？令尊好麼？令妹好麼？哦，您不是在大學裡學外交麼？哦，您將來一定是個大外交家。您要是結了婚，您太太一定是個正派人，勸您去努力為帝國辦外交，她還會把家政弄得很好，叫您不操心，好去專心為帝國辦外交。」

這位未來的外交家可一下愣住了，定了一定神，才認出她是剝蝦太太。他不知道要回答什麼話才好，那位太太可又驚喜地叫起來：

「哦，至善先生！哦，叮噹阿大先生沒有來麼？」

「他到黑市去了，」至善先生鞠一躬，「叮噹先生是我的好朋友。他常常跟我談宗教上的問題，他總是跟我的意見相同……」

「哦，您看我們剝蝦先生！」

剝蝦先生這時候正跟幾個人在談天。他們講到了候鳥為什麼會辨識方向的問題。剝蝦太太就趕緊走了過去：

「你看你！談天就談天好了，為什麼一定要把兩隻手反在背後呢？這有什麼必要呢？難道你兩隻手不這樣擺著，就講不出話來麼？可是我老實告訴你，手這樣擺著——你衣服後襟就容易破。破了可怎樣辦呢？織補起來吧，那實在寒傖！你看帝國哪裡有正派人這樣打補丁。要是一破了就甩掉吧，這又分明是浪費。你是反正不管家務事的，不是躲在你那動物園的研究室裡，就是跑到外國一些烏七八糟的地方去採標本。可是我不得不勸你呀。況且兩手這麼反著，也沒有什麼好看。那麼你又何苦如此呢？」

那幾個客人一看見剝蝦太太來了就鞠躬，一聽見剝蝦太太開口就都肅然地聽著。剝蝦太太是金鴨帝國第一個女界名人。帝國有這麼一位女士，大家都覺得這是他們金鴨國極值得驕傲的地方。

可是剝蝦先生沒有理她，只是把兩手放下垂著，又繼續他剛才沒講完的話：

「至於說候鳥對於磁熱有什麼特別感覺……」

「你看你，叫你兩手不要反到背後，你不反到背後就得了，何必一定要把兩手垂的直挺挺的呢？我看實在沒有什麼必要。這樣多呆板呀！你看帝國哪個正派人是用這個姿勢說話的？你真應當研究研究才好。在帝國本國倒還不十分要緊，不過你要是給外國人看了，那不是一個大笑話麼？那麼為什麼要替帝國丟醜呢？唉，真是糟糕之極了！你為什麼不改過呢？你為什麼不讓兩手自在一點，稍微彎一彎呢？彎一彎有什麼要緊呢？」

剝蝦先生就把兩隻膀子稍微彎著點兒，又還是繼續他剛才沒講完的話：

「至於說候鳥對磁熱有什麼特別感覺……」

「嗨，你真是！為什麼一定要彎得這麼難看呢？這有什麼必要呢？我既然是大金鴨帝國的婦女代表，我當然要做表率。所以你也必須在我的勸告之下，做一個模範的老爺才是。所以你決不能讓你兩隻手彎得這麼不高明。你非照我的話改正不可。必須這樣——你看！」

於是這位大金鴨帝國的婦女代表——兩腳站定，只把腰部以上扭著轉向右方。左手叉腰，右手凌空彎著，五個手指翹成一朵蘭花式。頭部也微微歪著，抿著嘴帶著點兒笑容，好像預備要拍照一樣。

可是她剛剛從那個方向這麼掉過臉去的時候，一下子正望見香太太，她就趕緊走了過去了。

「哦，香太太！……」

這時候樂隊奏起舞曲來了。

大廳上談著天的那一堆堆客人，就都收了話頭。喝著酒的一堆堆客人也都放下了杯子。一個個都找著自己的舞伴，手把手地活動起來。

香家三口子都不跳舞。香噴噴很不滿意地看著一群群的客人。他覺得他們都是在這裡揩他未來的女婿的油的，想起來真有點痛心，他很想去喝一杯香檳酒。他看見這裡成打成打的香檳酒灌到客人們肚子裡去，他知道他要是去喝一杯——也不為過。可是他仿佛出於本能似的把自己抑制住了。當然，少喝一杯到底替未來女婿省下了一杯的錢。

然而主人大糞王可非常得意。他也懶得去玩什麼園旋舞，他只靠著欄杆，高高在上地看著他的客人們。

「帝國各部門的靈魂都在這裡，」他越想越高興。「他們都得在這裡集中。現在我叫他們快活。等會兒我又叫他們憤激。哈哈！」

果然，到了晚上十點鐘的時候——大家正在吃喝著還沒有散筵席哩，聽差們拿著一大卷號外進來了。

立刻就引起一陣大騷動。有幾位客人叫了起來：

「什麼！大鳧島人竟敢妨礙帝國的利益！」

「帝國受了侮辱！帝國受了侮辱！」

「出兵！出兵！要求帝國政府出兵！帝國僑民的生命財產要緊！」

有幾位女客暈了過去。黑龜太太竟忘了揩嘴就說起話來：她認為只要是有一副新式頭腦的，就決不容人家不尊重金鴨帝國。還有一位將軍就猛地站起來，用個立正姿勢，發表了一篇簡短的演講。他一講到——

「大鳧島非併在帝國的版圖不可；大鳧島是帝國的生命線！」

大家就鼓起掌來。

亮毛爵士看了看保不穿泡，就提高嗓子嚷：

「我們應當把大凫島人全都殺掉！他們是最野蠻的民族——沒有資格生存。我們決不能寬容他們！」

這個那個都同時發著議論。剝蝦太太站起來七次，想要來一個演講，都講不成。席上簡直靜不下來。

可是忽然——一個聽差叫：

「海膽博士到！」

海膽博士匆匆忙忙走了進來，關於他的遲到都來不及致歉意，就對客人們報告了一個嚴重消息。

大家立刻閉了嘴。雖然海膽博士的消息跟號外所載的差不多，可是他們還是靜聽著。不過他還加了一點祕密消息，這才知道大凫島是受了大鷹國和青鳳國嗾使，才這麼膽大妄為的。

黑龜太太插嘴：

「我們應當立即對青鳳、大鷹兩國宣戰！」

那位海膽博士又告訴大家——現在帝國臣民一知道這個消息，立刻非常激昂。帝都街道擁滿了人，議論紛紛的。

許多人跑去打毀了大凫島僑民的住宅。海膽博士來的時候經過青鳳國公使館門口，就見無數的人在那裡示威，唱著金鴨帝國國歌。

「到必要的時候——我們全帝國的臣民就要為皇帝陛下而戰了。」

於是有許多人接嘴，表示為鴨神陛下的尊嚴起見，要效命沙場。大糞王就吩咐聽差捧咕嘟酒來。

這時候剝蝦太太正起立要發言，可也不得不跟著大家沉默著，跟著大家恭恭敬敬喝了一杯神聖的酒。

「鴨神陛下萬歲！鴨糞女神萬歲！」

接著又是賭咒效忠鴨神和他老人家的帝國。又恭恭敬敬喝了一杯。

等大家坐下了，剝蝦太太趁別人還來不及開口的當兒，站起來說幾句話：

「各位太太！現在帝國到了一個嚴重的關頭，那麼帝國的太太們就應該特別努力了。哦，是的！哦，所以我們太太界要來一個戰時勸夫運動，這是必要的！第一，勸丈夫為帝國效力。第二，安排好一切事情，使丈夫安心去為帝國效力。哦，立刻要實行！哦，急不容緩！那麼——哦，太太們！現在我們各人就勸丈夫站起來，勸丈夫跟我們太太界聯合起來——唱一遍國歌！」

在位的男客們可連勸都不用勸，就站起來了。

大糞王對樂隊打了一個手勢，莊嚴地寂靜了兩三秒鐘，樂隊就開始奏金鴨帝國國歌的第一句。

於是全體都立正，極莊嚴地唱了起來：

「我們皇帝是鴨神，

因此上，是萬歲，

不吹牛——

不吹牛來是萬歲，少個一歲也不行：

八千歲？——那不行！九千歲？還不行！

總而言之統而言之

不折不扣是萬歲！」

那歌譜是這樣的：

C调 $\frac{2}{4}$ 金鴨帝國國歌

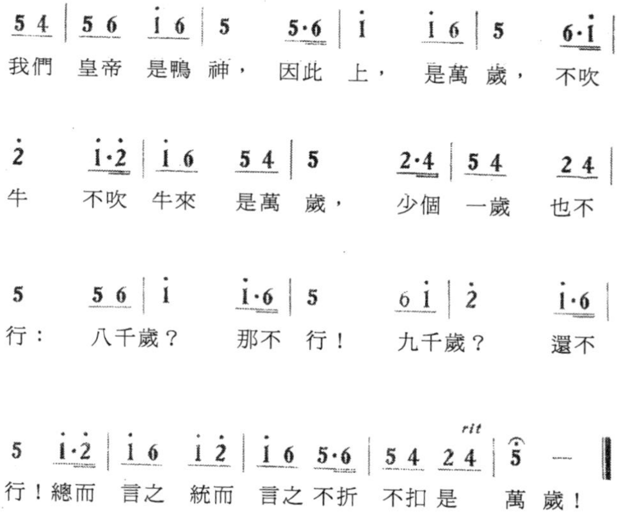
我們 皇帝 是鴨 神， 因此 上， 是萬 歲， 不吹
牛 不吹 牛來 是萬 歲， 少個 一歲 也不
行： 八千歲？ 那不 行！ 九千歲？ 還不
行！總而 言之 統而 言之 不折 不扣 是 萬 歲！

臺灣版後記

為重寫中國兒童文學史做準備

眉睫（簡體版書系策畫）

二〇一〇年，欣聞俞曉群先生執掌海豚出版社。時先生力邀知交好友陳子善先生參編海豚書館系列，而我又是陳先生之門外弟子，於是陳先生將我點校整理的梅光迪講義《文學概論》（後改名《文學演講集》）納入其中，得以出版。有了這個因緣，我冒昧向俞社長提出入職工作的請求。俞社長看重我對現代文學、兒童文學研究的能力，將我招入京城，並請我負責《豐子愷全集》和中國兒童文學經典懷舊系列的出版工作。

俞曉群先生有著濃厚的人文情懷，對時下中國童書缺少版本意識，且缺少人文氣質頗不以為然。我對此表示贊成，並在他的理念基礎上深入突出兩點：一是以兒童文學作品為主，尤其是以民國老版本為底本，二是深入挖掘現有中國兒童文學史沒有提及或提到不多，但比較重要的兒童文學作品。所以這套「大家小書」，頗有一些「中國現代兒童文學史參考資料叢書」的味道。此前上海書店出版社曾以影印版的形式推出「中國現代文學史參考資料叢書」，影響巨大，為推動中國現代文學研究做了突出貢獻。兒童文學界也需要這麼一套作品集，但考慮到兒童讀物的特殊性，影印的話讀者太少，只能改為簡體橫排了。但這套書從一開始的策劃，就有為重寫中國兒童文學史做準備的想法在裡面。

為了讓這套書體現出權威性，我讓我的導師、中國第一位格林獎獲得者蔣風先生擔任主編。蔣先生對我們的做法表示相當地贊成，十分願意擔任主編，但他畢竟年事已高，不可能參與具體的工作，只能以書信的方式給我提了一些想法，我們採納了他的一些建議。書目的選擇，版本的擇定主要是由我來完成的。總序也由我草擬初稿，蔣先生稍作改動，然後就「經典懷舊」的當下意義做了闡發。可以說，我與蔣老師合寫的「總序」是這套書的綱領。

什麼是經典？「總序」說：「環顧當下圖書出版市場，能夠隨處找到這些經典名著各式各樣的新版本。遺憾的是，我們很難從中感受到當初那種閱讀經典作品時的新奇感、愉悅感、崇敬感。因為市面上的新版本，大都是美繪本、青少版、刪節版，甚至是粗糙的改寫本或編寫本。不少編輯和編者輕率地刪改了原作的字詞、標點，配上了與經典名著不甚協調的插圖。我想，真正的經典版本，從內容到形式都應該是精緻的、典雅的，書中每個角落透露出來的氣息，都要與作品內在的美感、精神、品質相一致。於是，我繼續往前回想，記憶起那些經典名著的初版本，或者其他的老版本——我的心不禁微微一震，那裡才有我需要的閱讀感覺。」在這段文字裡，蔣先生主張給少兒閱讀的童書應該是真正的經典，這是我們出版本套書系所力圖達到的。第一輯中的《稻草人》依據的是民國初版本、許敦谷插圖本的原著，這也是一九四九年以來第一次出版原版的《稻草人》。至於解放後小讀者們讀到的《稻草人》都是經過了刪改的，作品風致差異已經十分大。俞平伯的《憶》也是從文津街國家圖書館古籍館中找出一九二五年版的原著來進行重印的。我們所做的就是為了原汁原味地展現民國經典的風格、味道。

什麼是「懷舊」？蔣先生說：「懷舊，不是心靈無助的漂泊；懷舊也不是心理病態的表徵。懷舊，能夠使我們憧憬理想的價值；懷舊，可以讓我們明白追求的意義；懷舊，也促使我們理解生命的真諦。它既可讓人獲得心靈的慰藉，也能從中獲得精神力量。」一些具有懷舊價值、經典意義的著作於是浮出水面，比如孤島時期最富盛名的兒童文學大家蘇蘇（鍾望陽）的《新木偶奇遇記》；大後方為少兒出版做出極大貢獻的司馬文森的《菲菲島夢遊記》，都已經列入了書系第二批順利問世。第三批中的《小哥兒倆》（凌叔華）《橋（手稿本）》（廢名）《哈巴國》（范泉）《小朋友文藝》（謝六逸）等都是民國時期膾炙人口的大家作品，所使用的插圖也是原著插圖，是黃永玉、陳煙橋、刃鋒等著名畫家作品。

中國作家協會副主席高洪波先生也支持本書系的出版，關露的《蘋果園》就是他推薦的，後來又因丁景唐之女丁言昭的幫助而解決了版權。這些民國的老經典，因為歷史的原因淡出了讀者的視野，成為當下讀者不曾讀過的經典。然而，它們的藝術品質是高雅的，將長久地引起世人的「懷舊」。

經典懷舊的意義在哪裡？蔣先生說：「懷舊不僅是一種文化積澱，它更為我們提供了一種經過時間發酵釀造而成的文化營養。它對於認識、評價當前兒童文學創作、出版、研究提供了一份有價值的參照系統，體現了我們對它們的批判性的繼承和發揚，同時還為繁榮我國兒童文學事業提供了一個座標、方向，從而順利找到超越以往的新路。」在這裡，他指明了「經典懷舊」的當下意義。事實上，我們的本土少兒出版是日益遠離民國時期宣導的兒童本位了。相反地，上世紀二三十年代的一些精美的童書，為我們提供了一個座標。後來因為歷史的、政治的、學術的原因，我們背離了這個民國童書的傳統。因此我們正在努力，力爭推出真正的「經典懷舊」，打造出屬於我們這個時代的真正的經典！

但經典懷舊也有一些缺憾，這種缺憾一方面是識見的限制，一方面是因為審稿意見不一致。起初我們的一位做三審的領導，缺少文獻意識，按照時下的編校規範對一些字詞做了改動，違反了「總序」的綱領和出版的初衷。經過一段時間磨合以後，這套書才得以回到原有的設想道路上來。

欣聞臺灣將引入這套叢書，我想這對於臺灣人民了解大陸的兒童文學是有幫助的。林文寶先生作為臺灣版的序言作者，推薦我撰寫後記，我謹就我所知，記述於上。希望臺灣的兒童文學研究者能夠指出本書的不足，研究它們的可取之處，為重寫兩岸的中國兒童文學史做出有益的貢獻。

二〇一七年十月於北京

眉睫，原名梅杰，曾任海豚出版社策劃總監，現任長江少年兒童出版社首席編輯。主持的國家出版工程有《中國兒童文學走向世界精品書系》（中英韓文版）、《豐子愷全集》《民國兒童文學教育資料及研究》，主編《林海音兒童文學全集》《冰心兒童文學全集》《豐子愷兒童文學全集》《老舍兒童文學全集》等數百種兒童讀物。二〇一四年度榮獲「中國好編輯」稱號。著有《朗山筆記》《關於廢名》《現代文學史料探微》《文學史上的失蹤者》，編有《許君遠文存》《梅光迪文存》《綺情樓雜記》等等。

民國時期經典童書 A0801027

金鴨帝國（第二卷）

作　　者 張天翼
版權策劃 李　鋒

發 行 人 陳滿銘
總 經 理 梁錦興
總 編 輯 陳滿銘
副總編輯 張晏瑞
編 輯 所 萬卷樓圖書(股)公司
特約編輯 沛　貝
內頁編排 小　草
封面設計 小　草
印　　刷 百通科技(股)公司

出　　版 昌明文化有限公司
　　　　 桃園市龜山區中原街 32 號
電　　話 (02)23216565
發　　行 萬卷樓圖書(股)公司
　　　　 臺北市羅斯福路二段 41 號 6 樓之 3
電　　話 (02)23216565
傳　　真 (02)23218698
電　　郵 SERVICE@WANJUAN.COM.TW
大陸經銷
廈門外圖臺灣書店有限公司
電郵 JKB188@188.COM

ISBN 978-986-496-120-7
2018 年 2 月初版一刷
定價：新臺幣 320 元

如何購買本書：
1. 劃撥購書，請透過以下帳號
帳號：15624015
戶名：萬卷樓圖書股份有限公司
2. 轉帳購書，請透過以下帳戶
合作金庫銀行古亭分行
戶名：萬卷樓圖書股份有限公司
帳號：0877717092596
3. 網路購書，請透過萬卷樓網站
網址 WWW.WANJUAN.COM.TW
大量購書，請直接聯繫，將有專人為您服務。(02)23216565 分機 10

如有缺頁、破損或裝訂錯誤，請寄回更換

國家圖書館出版品預行編目資料

金鴨帝國 / 張天翼 著 . -- 初版 .
-- 桃園市 : 昌明文化出版 ; 臺北市 :
萬卷樓發行 , 2018.02
438 面 ; 14.5×21 公分 . -- (民國時期經典童書)
ISBN 978-986-496-119-1 (第 1 卷 : 平裝). --
ISBN 978-986-496-120-7 (第 2 卷 : 平裝)
859.08　　107001317